Diogenes Taschenbuch 21753

Georges Simenon

Der reiche Mann

Roman

Deutsch von
Stefanie Weiss

Diogenes

Titel der Originalausgabe:
›Le riche homme‹

Eine erste deutsche Übersetzung erschien 1973
unter dem gleichen Titel.
Umschlagfoto: Jean Daniel Sudrés

Neuübersetzung

100/89/36/1
ISBN 3 257 21753 6

1

Er hielt an und parkte den mit Muschelkörben beladenen Lkw gegenüber dem Eingang zum Bistro, auf dessen Fassade in gelben Buchstaben ›Chez Mimile‹ zu lesen war.

Er stieg aus; gleichzeitig stieg auf der anderen Seite Doudou der Stumme aus der Fahrerkabine und folgte ihm geräuschlos, wie ohne einen Lufthauch zu bewegen, barfuß, in der blauen Drillichhose, deren Beine wie gewöhnlich hoch aufgekrempelt waren.

Victor Lecoin war groß und stattlich, mit breiten Schultern und kräftigem Körper. Er hatte die hüfthohen Gummistiefel halb heruntergeschlagen, so daß sie aussahen wie die Stiefel der drei Musketiere, und er trug die ewig gleiche schwarze Lederjacke. Er fühlte sich stark. Als er den Türknauf drehte und die Tür aufstieß, hatte er das Gefühl, den ganzen Rahmen auszufüllen. Er war wie ein Riese unter Zwergen in diesem kleinen Café, in dem vier Männer beim Fenster saßen und Karten spielten.

»Salut«, brummte er undeutlich und machte eine Handbewegung zu der Runde hin.

Mimile wischte mechanisch den altmodischen Messingtresen blank. »Salut, *patron*«, grüßte er.

Das war das Stichwort. Er wurde von allen mit *patron* angeredet, mit ›Chef‹, weil er den anderen nicht nur körperlich überlegen war, sondern auch finanziell.

Doudou war hinter ihm hereingekommen und stellte sich ans andere Ende des Tresens.

Mimile, in Hemdsärmeln, schwarzer Weste und seiner verwaschenen blauen Schürze, die bei ihm die Dienstuniform bildete, stellte eine Karaffe Weißwein und ein Glas vor Lecoin, wie er das jeden Tag tat.

Doudou hingegen trank weder Wein noch Schnaps. Er rauchte nicht, und man hatte ihn noch nie mit einem Mädchen zusammen gesehen. Mimile servierte ihm Limonade mit einem Schuß Grenadine, wie einem Kind.

Als Lecoin an den Muschelbänken fertig gewesen war, hätte er direkt nach Hause fahren können, wo immer ein Fäßchen Wein angezapft war, und sein Wein war besser als der im Bistro. Nein, daß er hier Station machte, war eine alte Gewohnheit, die es ihm ermöglichte, sich stark zu fühlen und seine Überlegenheit zu demonstrieren. Wenn nicht gar seinen Herrschaftsanspruch.

Wenn er so am Tresen stand, wirkte er noch größer, breiter und massiger als sonst. Er redete wenig und gestikulierte nie, selbst wenn er sich mit Doudou verständigte, bei dem ein Blick genügte. Er drehte sich mit klobigen Fingern eine Zigarette und blickte scheinbar abwesend zu dem Tisch mit den stets gleichen Kartenspielern hinüber.

Da waren Théo Porchet, Jo Chevalier, Louis Cardis und Marcel Lefranc, der vom ganzen Dorf der kleine Marcel genannt wurde.

Théo war ebenfalls klein, mager und schmächtig, mit einem fratzenhaften Gesicht und einem Mund, der immer höhnisch verzerrt schien. Er war der Dorfkomiker, und er legte Wert auf diesen Ruf.

Théo warf Lecoin mehrmals einen Blick zu, der zugleich ängstlich und unverfroren war. Er war Klempner von Beruf. Er hatte einen Laden an der Place de l'Eglise, schräg gegenüber dem Lebensmittelgeschäft, und er verkaufte so ziemlich alles – kleinere Elektrogeräte, Öl, Sturmlaternen, Tauwerk, und in seinem Schaufenster thronte seit über einem Jahr eine Waschmaschine.

Lecoin war sofort aufgefallen, daß der kleine Mann aufgekratzt war und ihn unentwegt heimlich musterte.

»Sagt mal, Freunde ... Ich hab so ein Gefühl, daß wir bald tüchtig was zu lachen haben«, feixte Théo mit einem Blick auf die anderen, die es vermieden, allzu offen zu grinsen.

Lecoin zog die dichten, struppigen Brauen zusammen. Er verstand nicht, was der Klempner meinte, und versuchte herauszufinden, worauf da angespielt sein mochte. Es mußte schon komisch sein, da Jo Chevalier – er war Muschelzüchter und hatte Lecoin noch vor einer Stunde sechs Körbe mit Muscheln verkauft – sich zusammennehmen mußte, um nicht loszuplatzen.

»Hast du sie gesehen?« fragte Jo.

»Sie ist aus dem Acht-Uhr-Zwanzig-Bus gestiegen, mit einem Bündel, das kaum größer war als 'ne Handtasche.«

»Und wie sieht sie aus? Hübsch?«

Lecoin fühlte sich irgendwie unbehaglich, in der Schußlinie. Die ängstlich-verstohlenen Blicke der anderen, sie galten ihm.

An den gelbgestrichenen Wänden hingen verblaßte Reklamebilder und dazu, schwarzgerahmt, das Gesetz über Trunkenheit in der Öffentlichkeit. Die Küchentür stand etwas offen, so daß man in die Küche mit den halb vorgezogenen Tüllgardinen vor den Scheiben sehen und Mimiles Frau beobachten konnte, die mit großen wakkelnden Brüsten herumhantierte.

»Was braucht die hübsch zu sein ...«

Jetzt lachten sie direkt heraus, und Lecoin fühlte sich noch mehr in der Schußlinie. Trotzdem, außer Théo war ihnen Gezwungenheit anzumerken, Unbehagen.

»Sie hat einen Rock an ... Reicht das etwa nicht?«

Bei diesen Worten schaute Théo Lecoin fast ins Gesicht, der breite Mund war zu einem Lachen verzogen.

Da nahm Lecoin hinter sich eine Bewegung wahr, und er sah, wie der Stumme geräuschlos und mit völlig ausdruckslosem Gesicht auf die Runde zuging; die übergroßen Hände waren ausgestreckt und die Finger gespreizt, als wollten sie im nächsten Moment den mageren Hals des Klempners umklammern.

Auch Doudou der Stumme hatte also geschaltet. Er las den anderen für gewöhnlich die Worte vom Mund ab. Und wenn er auch nichts hören konnte, so galt er doch als die Lästerzunge des Dorfes. Er war immer über alles auf dem laufenden.

Lecoin sah ihn an und hob die Hand; dieses eine Mal jedoch parierte der Stumme nicht sofort. Und Théo wurde ganz klein auf seiner Bank, während er ihn näherkommen sah. Die anderen taten so, als ginge es sie nichts an.

»Was halten Sie von dem da?« fragte Mimile eilends, um das Schweigen zu brechen. Er wies auf die Karaffe. »Der kommt von François ...«

Lecoin machte sich nicht die Mühe, ihm eine Antwort

zu geben. Es mußte etwas passiert sein, überlegte er, das Théo den Mut gab, ihn zu attackieren. Aber was? Im Moment waren die Spieler durch diese drei oder vier Schritte, die Doudou auf sie zu gemacht hatte, zum Schweigen gebracht.

»Terz«, hörte man dann in die Stille hinein.

»Wovon?«

»Vom Buben.«

»Bei mir vom König ... Belote ...«

Die Atmosphäre hatte sich etwas entspannt, aber Doudou machte weiter ein finsteres Gesicht und war nur widerstrebend an seinen Platz am Ende des Tresens zurückgegangen, wie ein großer Hund, der am Zuschnappen gehindert worden ist.

Auch die Wanduhr war Reklame. Sie stand auf zwölf, was bedeutete, daß es jetzt Viertel vor zwölf war. Die Ebbe war um neun gewesen – keine besonders starke, nur eine mittlere. Trotzdem waren fast alle zu den Muschelbänken gegangen, und Lecoin für seinen Teil hatte mit Doudous Hilfe fünf Körbe vollbekommen.

Er hatte nicht nur eigene Muschelkulturen wie die anderen auch, er kaufte ihnen außerdem ihre Produktion ab. Und er gab sich nicht mit Marsilly zufrieden; er handelte auch mit den Leuten von Esnandes und Marans. Er hatte zwei Lkws, mit denen er seine Muschelladungen nach La Rochelle lieferte.

Um seine Autorität zu demonstrieren, blickte er weiter äußerlich ruhig und ein wenig verächtlich zu den Kartenspielern hinüber. Dann warf er ein paar Münzen auf den Tresen und wandte sich zur Tür, ohne daß es jemand eingefallen wäre, erneut zu feixen. Doudou folgte ihm, und seine ganze Haltung drückte Bedauern darüber aus, Théo nicht zerquetscht zu haben.

Lecoin war nicht der Bürgermeister des Ortes. Er war nicht einmal im Gemeinderat. Aber er war der wichtige, der reiche Mann, und alle erkannten seine Autorität an.

Das Hohnlachen von Théo und seine geheimnisvollen Anspielungen waren daher um so unerwarteter. Der Klempner zog zwar über alle her, und es wurde allgemein hingenommen, weil er häßlich und kränklich war und ein schiefes Gesicht hatte, das den Lippen ein verzerrtes Grinsen gab. Er überließ es Eugénie, seiner Frau, den Laden zu besorgen, und verbrachte die meiste Zeit mit Kartenspielen, sofern er Mitspieler fand.

Heute hatte er zum ersten Mal Lecoin aufs Korn genommen, und der versuchte immer noch, die Sache zu begreifen. Hatte der kleine Théo wirklich versucht, ihm eins auszuwischen? War er um Viertel vor zwölf schon so blau, daß er alle Vorsicht vergaß?

Lecoin kletterte in die Führerkabine des Lasters, und Doudou setzte sich automatisch daneben. Es waren nur hundert Meter bis zur Place de l'Eglise, und hundert weitere bis zu seinem Haus, das an der Straße nach Esnandes lag. Der Lkw bog in die Toreinfahrt ein, und Lecoin fuhr in die weiträumige Garage, in der auch der zweite Laster, die Muschel-Spülmaschine und ein Peugeot standen.

Er betrat das Haus wie gewöhnlich durch die Küche und blieb dann überrascht auf der Schwelle stehen, weil da ein junges Mädchen vor ihm stand, das er nicht kannte. Auch das Mädchen sah ihn neugierig an. Sie mußte erraten haben, daß er der Hausherr war, und doch schienen die hohen Stiefel, die breiten Schultern und das scharfgeschnittene Gesicht sie nicht zu beeindrucken.

Sie war ein hochaufgeschossenes junges Ding mit langen mageren Beinen, und sie trug ein blankgewetztes schwarzes Baumwollkleid, das durch häufiges Waschen eingegangen war und oberhalb der Knie endete. Die Brust hob sich kaum unter dem Stoff ab, und das Gesicht war weder hübsch noch richtiggehend häßlich.

»Bonjour«, sagte sie schließlich.

»Bonjour.« Er zögerte kurz und erkundigte sich dann: »Wie heißen Sie?«

»Alice ...«

»Wie alt sind Sie? Fünfzehn?«

»Sechzehn.«

Er zuckte die Achseln und betrat den breiten Korridor, in dem die Garderobe war. Er zog die Gummistiefel und die schwarze Lederjacke aus; darunter trug er ein blaues Fischerhemd. Er stieß die Tür zum Büro auf, dessen Fenster zum Hof gingen.

Jeanne, seine Frau, saß am Schreibtisch über den Rechnungen.

Er setzte sich schwer an die andere Seite des Schreibtischs und begann sich eine Zigarette zu drehen.

»Wieviel Körbe?«

»So um die vierzig.«

»Und die Pfähle? Haben sie dem Wind von gestern und vorgestern standgehalten?«

»Sitzen alle fest ... Was ist das für ein Mädchen da in der Küche?«

»Das neue Hausmädchen. Du weißt doch, daß Louise weg ist, weil sie nach Niort heiratet.«

Er wußte es, ohne es wirklich zu wissen. Das waren Dinge, die ihn nicht betrafen und von denen er nur zerstreut Notiz nahm. Das gleiche galt auch für die An- und Verkäufe von Muscheln. Dafür war Jeanne zuständig. Sie war Lehrerin gewesen, und sie verstand sich aufs Rechnen.

»Woher kommt sie?«

»Aus dem Waisenhaus.«

»Soll das heißen, daß sie noch nie in einem Privathaushalt gearbeitet hat?«

»Sie hat auf einem Bauernhof gearbeitet... In der Nähe von Surgères.«

»Ach, die ist das?« knurrte er mißmutig.

»Das kann uns doch egal sein!«

Im ganzen Département war davon die Rede gewesen, auch wenn die Behörden es für ratsamer gehalten hatten, die Sache nicht gerichtlich zu verfolgen.

Alice war in einem Heim der Sozialfürsorge aufgewachsen und danach zu den Paquots gesteckt worden, Bauersleuten in der Umgebung von Surgères, einem Weiler von ein paar Häusern. Das mochte etwas weniger als ein Jahr her sein. Paquot war eine Art Vieh, er konnte weder lesen noch schreiben. Er war fett, schmierig und hatte kleine Schweinsaugen. Ein Wunder, daß eine so ansehnliche Frau wie die seine bereit gewesen war, ihn zu heiraten. Paquot mußte um die Fünfzig sein. Sie hatten nur ein Kind, eine Tochter, die in einem von Ordensschwestern geleiteten Pensionat in La Rochelle aufwuchs.

Was war eigentlich vorgefallen? Jedenfalls hatte einer der Nachbarn die Gendarmerie aufgesucht.

»Da tut sich einiges bei den Paquots.«

»Was verstehen Sie unter ›einiges‹?«

»So allerhand eben. Wenn Madame Paquot nach Surgères geht oder nach La Rochelle, dann nimmt ihr Mann die Gelegenheit wahr.«

»Wozu?«

»Um mit dem Hausmädchen rumzumachen.«

»Wenn sie mitmacht, dann kann er das doch, oder?«

»Sie ist noch nicht mal sechzehn, und sie kommt aus dem Waisenhaus.«

»Woher wissen Sie, daß er mit ihr rummacht, wie Sie sagen?«

»Ich habe mir das schon eine Zeitlang gedacht... Er hat sich schon immer an Mädchen rangemacht. Aber diesmal ist die Kleine noch arg jung!«

»Sie wollen Anzeige erstatten?«

»Ich erstatte keine Anzeige, weil mich das nichts angeht. Aber wir im Weiler finden das alle abstoßend.«

»Wie heißt das Mädchen?«

»Alice.«

»Und wie noch?«

»Alice halt, sonst nichts. Ich glaub, sie hat weder Vater noch Mutter gekannt. Also letzte Woche, da bin ich mal zu den Paquots rüber, weil ich mir seinen Traktor ausleihen wollte. Meiner ist nämlich in der Reparatur. Bei denen war niemand, weder auf dem Feld noch ums Haus herum. Ich hab vorn an die Tür geklopft, aber keine Antwort gekriegt. Ich bin dann einfach rein und durch das Zimmer gegangen, das bei ihnen der Salon ist. In der Küche hab ich sie dann ertappt.«

»Beim Geschlechtsverkehr?«

»So kann man das nicht sagen. Beinahe eben. Paquot hatte dem Mädchen das Kleid hochgehoben und es angefaßt, Sie wissen schon, wo. Er selber hatte die Hose offen und alles raushängen.«

Die Gendarmerie hatte in der Sache kurz ermittelt. Man hatte Alice befragt, die meistens nur mit Ja oder Nein antwortete.

»Hat er Sie vergewaltigt?«

»Nein.«

»Haben Sie es geschehen lassen?«

»Ja und nein.«

»Was meinen Sie damit?«

»Nicht alles.«

»Hat er Sie angefaßt?«

»Ja.«

»Und Sie?«

»Er hat ihn mir in die Hand gegeben.«

»Oft?«

»So ein dutzendmal vielleicht ... Wenn seine Frau weg war, nach La Rochelle.«

»Und Sie haben sich nicht beklagt?«

»Nein.«

»Warum?«

»Weil die Männer ... Ich glaube, die sind alle so.«

Die Sache war beim Staatsanwalt erörtert worden. Man hatte Paquot vorgeladen, und er hatte geschworen, daß das Mädchen ihn scharf gemacht habe.

»Ich hab nie versucht, es weiter zu treiben. Und jetzt redet meine Frau kein Wort mehr mit mir, nur wegen diesem kleinen Luder ...«

Jeanne Lecoin war eine Frau von fünfzig Jahren. Sie war drei Jahre älter als ihr Mann. Ihr Körper war mittlerweile füllig geworden, das Gesicht mit den strengen Zügen stets blaß. Man mußte allerdings berücksichtigen, daß sie fast nie das Haus verließ, weil sie fast die ganze Zeit im Büro saß.

»Du hast doch wohl keine Angst, nehme ich an?«

»Wovor?«

»Daß du dich auch reizen läßt...«

Lecoin wurde unwillkürlich rot. »Mit kleinen Mädchen hab ich noch nie was im Sinn gehabt«, sagte er. »Versteht sie was vom Haushalt?«

»Sie braucht nicht viel zu verstehen. Kochen tu ich ja selber.«

Sie gingen bald darauf ins Eßzimmer hinüber, und Alice trug ungeschickt auf.

Lecoin vermied es, sie anzusehen – er hätte auch nicht recht sagen können, weshalb. Sie war im übrigen völlig unattraktiv. Sie war mager, eine richtige Bohnenstange, mit einem Allerweltsgesicht und dunklen Haaren, die schnurgerade zu beiden Seiten des Gesichts herunterhingen.

Sie aßen gegrillten Schinken und Kartoffeln, dazu Kohl aus dem Garten. Hinterher wurden ein paar Äpfel und Birnen auf den Tisch gestellt, die auch aus eigenem Anbau stammten.

Lecoins Haus war das größte und ansehnlichste im Dorf. Es war etwa zweihundert Jahre alt und hatte lange einer Adelsfamilie gehört. Der letzte Eigentümer, ein Charles de Rosy, war ein alter Junggeselle gewesen, der an der Börse spekuliert hatte, um seine schwachen

Finanzen so weit aufzubessern, daß er irgendwo reich einheiraten konnte. Und dabei hatte er die letzten Federn gelassen. Als Haus und Ländereien dann unter den Hammer kamen, da hatte Lecoin den Zuschlag bekommen.

Vierzig Jahre früher hatte die Familie Rosy das beste Land von Marsilly und die meisten Höfe besessen. Hier, auf diesem Grund und Boden, war Victor Lecoin geboren; sein Vater hatte damals auf einem der Höfe als Knecht gearbeitet.

Jetzt war er in diesem steinernen Gebäude, das manche das Schloß nannten, zu Hause. Ihm gehörte auch der größte Hof, die diversen Landparzellen gar nicht mitgerechnet, die er hier und da noch hatte.

Doudou aß nicht mit im Haus. Sie hatten versucht, ihn dazu zu bringen, aber er hatte es immer abgelehnt. Er lebte in einer Art Hütte am hinteren Ende des Hofs, nur ein paar Meter von den Garagen entfernt, und er kochte sich selbst. Man erzählte sich, daß er alles aß, was ihm gerade unterkam, sogar Krähen.

Auch Doudou war hier geboren. Er war der Sohn von Fernande, einer nicht mehr jungen Frau, die versoffen und schmuddelig war und keinen Mann hatte. Die Männer gingen zu ihr, wenn sie blau waren. Sie hatte in einem Schuppen am Strand gelebt; sie war gestorben, als Doudou erst zwölf war. Die Lecoins hatten ihn damals adoptiert, um zu verhindern, daß man ihn in ein Heim sperrte.

Doudou war stark, stärker als Lecoin. Aber er tat keinem etwas zuleide. Er hatte einen übergroßen Kopf, hellblaue Augen und eine platte Nase. Die Arme waren sehr lang, die Hände konnten alles zu Brei quetschen, wenn er das wollte.

»Gehst du nach Charron?«

»Ich fahr mit dem Lkw dort vorbei, sobald ich fertig gegessen habe. Die ganze Ladung muß vor fünf in La Rochelle sein.«

Das Eßzimmer war groß, die Decke hoch wie in allen Räumen des Hauses. Es hatte einen direkten Zugang zur Küche, und die Essensgerüche von dort mischten sich mit dem Geruch nach Bohnerwachs.

Zwischen Lecoin und seiner Frau gab es keinerlei emotionale Bindung; da war nur die Gewöhnung an das Miteinanderleben. Jeder hatte seine fest umrissene Aufgabe. Über Muscheln und Austern hinaus hatten sie sich kaum etwas zu sagen.

Jeanne war nicht eifersüchtig. Sie hatte seit Jahren nicht mit ihrem Mann geschlafen; sie lagen aber weiterhin in ihrem gemeinsamen Bett.

»Was rechnest du, kommst du früh nach Haus?«

»Ich weiß nicht.«

Es kam etwa einmal pro Woche vor, daß er erst um zehn Uhr abends nach Hause kam, und an diesen Tagen war er dann halb blau. Das waren die Tage seiner ›Tour‹, wie er sagte. Heute war Freitag, und er wußte nicht recht, ob er Lust auf eine Tour hatte oder nicht. Das würde sich später ergeben.

Doudou war dabei, die Muscheln zu waschen. Es war jetzt Anfang März, und der Himmel hatte jenes Lavendelblau, das typisch ist für die Gegend um La Rochelle. Es war mild. Die erste Biene der Saison flog im Eßzimmer herum, und heute am Vormittag waren am Himmel über den Muschelbänken nur zwei kleine Wolken zu sehen gewesen, die träge wie Ballons dahinschwebten.

Ob er es wollte oder nicht, Lecoin warf hin und wieder rasch einen Blick zu Alice hinüber, und er fühlte sich nicht ganz wohl in seiner Haut.

Sobald genügend Muscheln gewaschen waren, wog Doudou die Körbe aus, knotete den Deckel fest und hievte sie auf den Lastwagen. Jeanne Lecoin saß währenddessen im Büro und schrieb Namen und Adressen der Empfänger auf gelbe Etiketten.

Lecoin hingegen war mit dem zweiten Lkw nach Charron gefahren, einem bereits inmitten der Sümpfe gelegenen Dorf mit geduckten Häusern, in dem es schon nach der Vendée roch. Er bekam nur etwa zwanzig Körbe zusammen, weil er hier Konkurrenz hatte und viele Muschelzüchter einen Kleinlaster besaßen.

Er ließ es sich nicht nehmen, in der Bar einzukehren – um sich zu zeigen und seine Anwesenheit zu demonstrieren. Hier gab es statt des einen Tischs mit Kartenspielern deren zwei.

»Bonjour, *patron* ...«

Auch hier war er der *patron*, der Mann mit Gewicht. Er trank einen Schoppen Weißwein und drehte sich dazu eine Zigarette. Dann fuhr er so zeitig nach Marsilly zurück, daß er diese letzten Muscheln noch waschen, die Körbe verschließen und sie auf den ersten Laster verladen konnte; alles hing davon ab, daß er nicht zu spät kam.

Doudou begleitete ihn nicht nach La Rochelle, er fuhr allein. Heute war er in Gedanken unwillkürlich bei

Alice, die aussah, als sei sie unter ihrem schwarzen Baumwollkleid nackt. Die ganze Art, wie das Kleid über den mageren Körper fiel ... Lecoin hätte schwören können, daß sie nichts darunter anhatte, noch nicht einmal ein Höschen. Er ließ sich die Geschichte nochmals durch den Kopf gehen, die man sich von dem fetten schwitzenden Paquot erzählt hatte, der ihr den Rock hochgehoben, sie angefaßt und ihr dabei sein Glied in die Hand gegeben hatte.

Mies, ekelhaft ... Er ärgerte sich über sich selbst, daß er sich solchen Vorstellungen hingab. Außerdem, das Mädchen war nicht hübsch und obendrein offenbar schmutzig. In den Mansarden oben, wo sie ihr Zimmer hatte, gab es auch kein Bad, nur eine große Waschschüssel.

Vor dem Bahnhof bog er links ab, fuhr in den Hof der Schnellgutabfertigung und hielt an der Laderampe. Er mußte sich bei dem Beamten des Gesundheitsdienstes melden, der in einer Art Glaskäfig saß.

»Bonjour, Lecoin.« Hier war Lecoin nicht der *patron*. Der Beamte war durchdrungen von dem Gefühl seiner Wichtigkeit. »Wieviel Körbe?«

»Zweiundsechzig.«

»Alle aus Marsilly?«

»Es sind zweiundzwanzig aus Charron dabei.«

Er füllte geduldig die vom Gesundheitsamt vorgeschriebenen Formblätter aus, die jedem Korb beigegeben werden mußten.

»Alle für Frankreich?«

»Nein. Es sind welche für die Schweiz dabei und etwa zwanzig für Algerien.«

Er drehte sich eine weitere Zigarette, lud die Körbe vom Wagen und stellte sie in der Abfertigungshalle in die Nähe der Güterwaage. Als er alle Papiere beisammen hatte, versah er jeden Korb mit einem der Abschnitte.

Der Mann von der Güterabfertigung trat auf ihn zu. »Bonjour, *patron*.« Jetzt war er also wieder der *patron*. »Habt ihr sie gewogen?«

»Ja. Das Gewicht stimmt.«

»Ich wiege ein paar nach, nur der Ordnung halber.«

Lecoin gab ihm zehn Francs Trinkgeld, nahm die Empfangsbestätigung entgegen und ging damit zur Kasse.

Hier kannte man ihn seit eh und je. Auch er kannte alle Angestellten, und er hatte es sich angewöhnt, sie unterschiedslos mit Toto anzureden.

»Na, Toto, was machen die Fische?« Der Kassierer war nämlich Hobbyangler am Kanal von Marans.

»Na ja, toll ist es nicht, aber ich kann mich nicht beklagen. Aale natürlich ...«

Der Kanal führte zweckentfremdet mindestens dreißig Zentimeter Schlamm auf dem Grund mit.

Lecoin zog eine überdimensionale Brieftasche aus seiner schwarzledernen Jacke, weil er alles in bar bezahlte wie ein Viehhändler. Die Brieftasche war an den Rändern stark abgenutzt und stellenweise auch an den Nähten aufgeplatzt. Aber es kam ihm nicht in den Sinn, eine andere zu kaufen – nicht etwa aus Geiz, sondern weil ihm das egal war.

»Danke, *patron*.« Auch der Kassierer hatte ein Trinkgeld bekommen. »Kommen Sie morgen?«

»Wenn wir genug Muscheln zusammenkriegen.«

Morgen würde die Ebbe eine Stunde später einsetzen, das Wasser also gegen zehn Uhr abgelaufen sein. Das bedeutete, daß sich das Meer ab acht Uhr so weit von den vordersten Muschelbänken zurückgezogen hatte, daß man dort arbeiten konnte. Bei der Gelegenheit konnte man auch gleich die Austernkulturen mal durchsehen.

Lecoin steckte seine Brieftasche wieder ein und kletterte in seinen Lkw. Er nahm den Weg über die Quais, fuhr vor dem Turm der *Grosse Horloge* vorbei und parkte ein Stück weiter weg. Er ging etwa hundert Meter zu Fuß und betrat dann eine Bar mit der Aufschrift ›Le Repos du Marin‹.

»Na so was – Victor!« rief die Frau, die hinter der Theke stand. »Dich hat man ja schon 'ne ganze Weile nicht gesehen!«

Dies hier war der einzige Ort, an dem man ihn Victor nannte. Sogar seine Frau hatte sich angewöhnt, ihn mit dem Familiennamen anzureden. ›Bonjour, Lecoin‹, begrüßte sie ihn.

Nénette hier an der Bar gab sich vertraulicher. Sie war eine nette kleine und rundliche Frau von etwa Mitte vierzig, die sich aber ihre Jugendfrische erhalten hatte. Er hatte sie kennengelernt, als sie noch auf den Strich gegangen war, vor etwa zehn Jahren. Und von Zeit zu Zeit kam es vor, daß er mit ihr nach oben ging, wenn niemand da war, der ihm gefiel.

Das Lokal war schmal und tief, und um diese Zeit waren fast nie Gäste da. Im übrigen war es Nénette auch lieber so. Einen auf einmal; vor allem, wenn sie wie Lecoin waren.

»Was möchtest du?«

Er machte im Spiegel hinter den Flaschen zwei Mädchen aus, die auf den hohen Barhockern saßen und alle beide zu ihm hinübersahen. Er konnte sich nicht an sie erinnern. Die eine war gut im Futter, mit einem naiven Gesichtsausdruck und dümmlichem Lächeln. Die andere war brünett und tat jetzt so, als müßte sie ihr Make-up erneuern, wobei sie mit der linken Hand die Handtasche hielt, um sich in dem Spiegel an der Innenseite der Tasche zu betrachten.

»Ist das alles, was du hast?«

»Ich hab ganz was Tolles. Eine, die du nicht kennst. Sie hat vor knapp einem Monat angefangen. Sie ist jetzt zu Hause, zwei Häuser weiter. Soll ich sie dir holen?«

»Ja.«

Als sie weg war, rückte die Brünette um zwei Hocker näher heran. »Kommst du oft her, Chéri?« murmelte sie.

»Erstens bin ich für dich kein Chéri. Und zweitens ist das meine Sache, ob ich oft komme oder nicht.« Er gab sich absichtlich ruppig. Man hätte meinen können, daß ihm das guttat.

»War ja nicht so gemeint, weißt du... Eigentlich siehst du gar nicht unsympathisch aus...«

Er zuckte die Achseln, ging hinter den Tresen und schenkte sich einen Cognac ein, während die Mädchen ihm einigermaßen konsterniert zusahen. Dann setzte er sich wieder an seinen Platz, das Glas vor sich auf dem Tresen.

»Bietest du mir nicht auch was an?«

»Wenn Nénette wieder zurück ist.«

Jetzt fing die Blonde an, sich zurechtzumachen.

Nénette tauchte wieder auf; sie war noch keine fünf

Minuten weg gewesen. »Sie wird gleich da sein«, kündigte sie an. »Stell dir vor, sie hat geschlafen, als ich zu ihr kam. Sie will nur rasch noch unter die Dusche ... Und, gibst du 'ne Runde aus?«

Wieder zuckte er die Achseln. Warum auch nicht? So spielte sich das doch immer ab ... »Hast du Champagner im Eis?«

»Ich hab immer Champagner im Eis. Ah, du hast dich bedient, wie ich sehe. Recht so ... Und warum«, wandte sie sich darauf sowohl an ihn wie an die beiden Mädchen, »sollen wir's uns nicht im hinteren Salon bequem machen?«

Eine Tür im hinteren Teil des Raums war halb von einem seitlich gerafften roten Vorhang mit einem Stich ins Orange verdeckt. Dahinter ahnte man einen gemütlich ausgestatteten Raum mit einem großen, gleichfalls roten Sofa, Sesseln und einem runden Tisch in der Mitte.

»Darf ich ...?« erkundigte sich die Blonde und sah ihn an.

Er nickte und trank sein Glas in einem Zug leer. »Gib mir noch einen.« Er brauchte das, um in Fahrt zu kommen.

Draußen, im Licht der untergehenden Sonne, nahm das alte Gestein der beiden Türme, die die Hafeneinfahrt flankierten, eine rötliche Färbung an.

Nénette holte eine Flasche Champagner aus dem Kühlschrank, und sie ließen sich zu viert in dem hinteren kleinen Salon nieder. Auf dem Tisch lag ein Tischteppich mit Fransen, wie früher in den alten Häusern.

»Also, was gibt's Neues, Victor?«

»Nichts.«

»Dann auf dein Wohl! Und auf das dieser netten Mädchen hier. Du hast Glück, daß sie grade da sind ...«

Jetzt kam die Neue herein. Sie war etwas jünger als die beiden anderen und trug einen sehr kurzen Rock. »Das ist aber nicht nett, ohne mich anzufangen«, rief sie. »Wie heißt du?«

»Victor.«

»So, wie du gebaut bist, mein lieber Victor, glaub ich nicht, daß man sich alle Tage mit dir anlegt ... Kann ich das mal anfassen?« Sie betastete seinen Bizeps und stieß einen bewundernden Pfiff aus. »Sag mal, willst du uns etwa alle vier glücklich machen?«

Sie tranken aus, Lecoin ebenfalls. Nénette holte nebenan eine zweite Flasche. Die Neue hieß Lucie; sie hatte sich auf dem Sofa niedergelassen und sich so hingesetzt, daß man die Beine bis ganz weit oben sah.

Sie waren knapp bei der dritten Runde, als wirklich Stimmung aufkam. Lecoin befummelte sie nacheinander, manchmal auch zwei auf einmal. Er sprach dem Champagner tüchtig zu, und sie ließen sein Glas nie leer werden.

»Sag mal, Nénette ...«

Sie wandte sich zu ihm. »Ja?«

»Können wir nach oben gehen?«

»Du weißt doch, was ich riskiere, oder? Die sind ganz mies, vor allem seit einiger Zeit. Na ja, für dich will ich eine Ausnahme machen. Hier hast du den Schlüssel zu meinem Zimmer. Nimmst du sie alle drei?«

»Du bringst uns was zu trinken rauf.«

Die Treppe war dunkel und gewunden. Er kannte sie, wie er auch Nénettes Zimmer kannte – ihr großes Bett aus Nußbaum, die Deckchen überall und die Unmenge von Figürchen und Nippes, die aussahen wie vom Jahrmarkt.

»Wie geht's jetzt weiter?«

»Du kannst ja schon mal damit anfangen, dich auszuziehen.« Die Aufforderung richtete sich an die Neue; die beiden anderen schickten sich an, es ihr nachzumachen.

»Ihr wartet, bis ich es euch sage ...«

Nénette brachte ihnen eine Flasche und Gläser. Als sie eine halbe Stunde später zum viertenmal Champagner brachte, waren die drei Mädchen völlig nackt.

»Jetzt fehlst nur du noch«, sagte Lecoin.

»Ich muß aber unten bleiben. Es sind zwei Gäste da ...«

Lecoin hatte einen in der Krone, blieb dabei aber völlig klar. Er versuchte sich zu amüsieren, komische Sachen zu sagen, und die drei Mädchen waren ungeschickt bemüht, ihm dabei zu helfen.

»Mit wem fängst du an?«

»Mit dir, wenn du schon fragst ...«

»Ziehst du dich nicht aus?«

»Nein.«

Die blaßgrünen Vorhänge waren zugezogen, und die Deckenlampe hatte einen rosa Schirm. Von der Straße her tönten Stimmen und Schritte herauf. Da draußen ging das Alltagsleben weiter; manchmal tutete ein in den Hafen zurückkehrendes Schiff. Es war Flut, und die Fischtrawler liefen einer nach dem anderen ein.

Eigentlich hatte er auf keine der drei Frauen Lust. Aber da er nun einmal hier war, mußte er es hinter sich bringen.

»Kommst du oft?«

»Ja.«

»Nimmst du immer drei?«

»Ich nehme, was grade da ist.«

Er drang, ohne zu Ende gekommen zu sein, in eine andere ein, die kleine Dickliche, und er war fast sofort auf dem Höhepunkt.

»Da! Trink dein Glas aus!«

Er hatte sein Glas geleert gehabt; sie streckten ihm ein volles hin. Sie bildeten sich ein, daß er auf ihren Zirkus hereinfiel, aber es war ihm klar, daß sie ihn betrunken machen wollten.

Das ging so weiter bis acht, und als er dann die Treppe hinunterstieg, achtete er sorgfältig auf die Stufen.

»Na, zufrieden?«

»Warum auch nicht?«

»Waren sie nett?«

»Sie haben getan, was sie konnten. Was bin ich dir schuldig?«

»Sieben Flaschen, dazu noch zwei Cognacs...« Sie addierte den Betrag auf einem Stück Papier, das sie ihm hinschob.

Lecoin zog seine dicke Brieftasche hervor.

»Immer gut bei Kasse«, kommentierte sie.

Das gefiel ihm. Er brauchte irgendeine Überlegenheit, aber seine Größe und seine Kraft waren ihm nicht genug. War etwa Doudou nicht genauso stark wie er, wenn nicht noch stärker? Trotzdem war er einfach nur zurückgeblieben.

»Hast du keinen Hunger?«

»Ich esse einen Happen, wenn ich heimkomme.«

»Bis bald dann, Victor?«

»Vielleicht...«

Sofern er Lust bekommen sollte... Als er das Lokal verließ, war es dunkel geworden, und die Straßenlaternen brannten. Bevor er in seinen Wagen stieg, überquerte er den Quai, blieb eine ganze Weile vorne am Wasser stehen und betrachtete die kleinen Fischerboote, die unter ihm sanft hin und her schaukelten.

Das Meer hob und senkte sich langsam wie die Brust eines Schlafenden. Richtige Wellen gab es jedoch nicht, und die Lichtreflexe vom Quai verloren sich im Unendlichen.

Mit sechzehn oder siebzehn, er wußte es nicht mehr genau, hatte er vorgehabt, auf einem Trawler anzuheuern. In Marsilly waren sie jedoch alle Muschelzüchter oder Landwirt, oft auch beides gleichzeitig. Er hatte es wie die anderen gemacht, und er konnte sich nicht darüber beklagen.

In der Nähe der *Grosse Horloge* war ein hell erleuchtetes Café, und bei der milden Witterung hatten sie das Lokal zur Straße hin weit offen wie im Sommer, wenn die Gäste sich auf der Terrasse drängelten.

Er hatte Lust, sich dort hinzusetzen. Aber dann wußte er nicht, was er bestellen sollte. »Einen Cognac«, murmelte er.

Für gewöhnlich begnügte er sich mit etwa zwei Flaschen Wein pro Tag; manchmal drei, wenn es besonders heiß war, und das hatte keinerlei Wirkung bei ihm. Wenn er aber einen draufmachte wie heute, dann zählte er keine Gläser mehr und keine Flaschen.

Im Hochparterre war ein Restaurant. Auch hier saßen

Kartenspieler, aber sie waren ganz anders als die von Marsilly oder Charron. Es waren Beamte oder auch Gewerbetreibende. Sie spielten Bridge, und der Wirt war mit einer Serviette hinter einem der Spieler stehengeblieben und verfolgte die Partie.

Als Lecoin sich im Lokal umblickte, bemerkte er eine junge Frau, die allein bei einem Glas Wermut saß. Er hatte sie noch nie gesehen. Sie trug ein sehr schlichtes Tailleur und sah darin wie eine gutbürgerliche Ehefrau aus, die auf ihren Mann wartet. Zu seiner Überraschung fixierte sie ihn ebenfalls. Er war es, der wegschaute, und als er sie wieder ansah, hatte er den Eindruck, daß sie ihm diskret zulächelte.

Sie war weit besser als die drei Mädchen bei Nénette, und er verübelte sich seine letzten Nachmittagsstunden. Sie trug eine weiße Plisseebluse, die die Frische und Jugendlichkeit ihres Gesichts noch unterstrich.

Zu ihr an den Tisch gehen konnte er schlecht. Er war jetzt sicher, daß sie ihm aufmunternd zulächelte, und er machte daher eine Kopfbewegung zum Quai hin, um ihr zu verstehen zu geben, daß er dort auf sie warten wolle.

Er zahlte, ging hinaus und ließ den breiten, hell erleuchteten Streifen Trottoir vor dem Café hinter sich.

Es waren kaum drei Minuten vergangen, als sie ihrerseits das Lokal verließ und sich suchend nach ihm umsah.

»Hier bin ich ...«

»Ah, gut ... Ich war mir nicht sicher, ob ich recht verstanden hatte. – Wo gehen wir hin?«

»Kennen Sie vielleicht ein Hotel?«

»Nein, ich bin nicht von hier.«

»Sind Sie auf der Durchreise?«

»Ich komme aus Paris und hab hier meine Mutter besucht, im Krankenhaus.«

»Schlimm ...?«

»Nein. Sie ist Krankenschwester.«

Er ging auf das Tor der *Grosse Horloge* zu, und sie hakte sich ganz unbefangen bei ihm ein.

»Ich kenne ein kleines Hotel, da links«, sagte Lecoin. »Dort stellen sie uns keine Fragen.«

»Die Sieben, Monsieur Victor...« Der Portier gab ihm den Schlüssel.

»Was möchten Sie trinken?«

»Ach, ich habe eigentlich keinen großen Durst.«

»Champagner?«

»Da sag ich nicht nein.«

»Lassen Sie eine Flasche Champagner hochbringen.«

»Ja, Monsieur Victor.«

Bei den einen war er der *patron*, bei den anderen Monsieur Victor, bei seiner Frau Lecoin und bei Nénette schließlich ganz einfach Victor.

Er bedauerte, sich schon so stark verausgabt zu haben, vertraute aber auf seine robuste Konstitution.

»Kommen Sie manchmal nach Paris?«

»Einmal im Jahr, oder alle zwei Jahre.«

»Und wo steigen Sie dort ab?«

»Immer in der Gegend der Gare de Montparnasse.«

»Ich wohne in der Rue Vavin. Das ist nicht weit.«

Sie wirkte nicht wie eine Nutte, sondern wie eine sehr schickliche junge Dame. Ihr gegenüber fühlte er sich gehemmt. Als der Champagner kam, hatte er sie noch nicht angerührt.

»Und Sie? Sind Sie aus La Rochelle?«

»Aus Marsilly.«

»Sie besitzen ein Fischerboot...« Sie war irregeführt durch die Schiffermütze, die er wie die meisten Muschelzüchter trug.

»Ach ich, ich ziehe Muscheln groß«, sagte er wie im Spaß.

»Sie machen sich über mich lustig, ja?«

»Nicht im geringsten. Es stimmt, was ich sage. Das wird an Muschelzäunen gemacht – Pflöcken, die an einer bei Ebbe freiliegenden Stelle vor der Küste ins Meer geschlagen werden. Und diese Pflöcke werden durch Reisigbündel miteinander verbunden. Jetzt braucht man nur noch Muschelbrut im Meer zu holen und sie an diese Pflöcke und Bündel zu setzen.«

»Muschelbrut...?«

»Ja, das sind winzige, aneinanderhängende Muscheln. Von Zeit zu Zeit muß man nach ihnen sehen, sie eventuell an eine andere Stelle setzen, Krebse und Seesterne entfernen. Nach einem Jahr haben sie schon eine gewisse Größe, und es gibt Leute, die sie dann verkaufen. Schöner sind sie aber nach zwei Jahren, und noch besser und dicker mit drei.«

»Prost...«

»Auf Ihr Wohl. Bleiben Sie noch länger in La Rochelle?«

»Ich fahre morgen zurück. Und in einer Stunde treffe ich mich mit meiner Mutter, die dann fertig ist mit ihrem Dienst.«

»Schade...«

»Wieso?«

»Weil... Wir beide hätten uns sonst anfreunden können. Kommen Sie öfter?«

»So ungefähr alle sechs Monate...«

»Wenn Sie wiederkommen, geben Sie mir doch kurz Bescheid.« Er zog ein Notizbuch aus der Tasche und schrieb ihr seine Adresse auf.

»Und Ihre Frau, sagt die nichts?«

»Nein.«

»Ist sie nicht eifersüchtig?«

»Nein.«

»Na, da haben Sie Glück. Sind Sie auch sicher, daß ihr das keinen Kummer macht?«

»Ganz sicher.«

»Wollen Sie, daß ich mich ausziehe?«

Er übernahm das für sie und zog ihr im übrigen nicht alles aus. Er wollte, daß die Sache etwas Unvermutetes behielt. Er war lange mit ihr zusammen; er redete mit ihr, was bei ihm selten vorkam. Zur Erklärung für seine gebremste Leidenschaftlichkeit erzählte er ihr von den drei Mädchen bei Nénette, worauf sie ihn wie erwartet bewundernd ansah.

»Sie sind mir vielleicht 'ne Type!«

Sie duzte ihn nicht. Und sie hatte ihn nicht ein einziges Mal ›Chéri‹ genannt. Es fiel ihm schwer, sie einzuordnen, und er mußte sich einen Ruck geben, die Brieftasche zu zücken, als sie ausgetrunken hatten. Er nahm eine Anzahl Scheine heraus, ging auf ihre Handtasche zu und steckte sie hinein. Sie hatte ihm zugesehen, protestierte aber nicht.

»Dann schreiben Sie mir?«

»Ja, abgemacht.«

»Bis in einem halben Jahr also . . .«

Er schwankte ein ganz klein wenig, fuhr aber dennoch ohne Zwischenfall heim und stellte den Lkw in die Garage.

In Doudous Hütte brannte Licht, desgleichen im Haus. Es war erst neun. Er trat wie immer durch die Küche ein.

Seine Frau zeigte Alice gerade, wie sie die Schüsseln und das übrige Geschirr einordnen sollte. »Hast du zu Abend gegessen?« fragte sie.

»Nein, aber es ist egal.«

»Wir hatten heut abend Fisch, und aufgewärmt schmeckt Fisch nicht mehr. Was möchtest du gern? Heute mittag hattest du Schinken . . .«

»Brot und Käse, das wär nicht übel . . . Mit einem Schluck Weißwein . . .«

Sie musterte ihn nicht; sie versuchte nicht herauszubekommen, wo er gewesen war oder was er gemacht hatte. Sie wußte Bescheid. Wie er gesagt hatte – seine Abenteuer ließen sie kalt.

Hatte es das jemals gegeben zwischen ihnen – Liebe? Vielleicht ganz am Anfang, als sie achtundzwanzig gewesen war und er fünfundzwanzig. Er hatte damals einen Hof gepachtet, *Les Quatre Vents*, der ihm heute gehörte und auf dem er seinen Bruder untergebracht hatte. Der Hof hatte einst Charles de Rosy gehört, in dessen eindrucksvollem Privathaus die Lecoins jetzt wohnten.

Jeanne war Lehrerin gewesen; er aber war nur bis zu seinem dreizehnten Lebensjahr zur Schule gegangen.

Was hatte ihn an ihr beeindruckt? Und was sie betraf,

wieso hatte sie sich bereit gefunden, ihn zu heiraten? Hatte sie seine Kraft gespürt, seinen Willen, es zu etwas zu bringen?

Sie hatte ihm geholfen, und sie half ihm heute noch nach Kräften. Das war aber auch alles, was sie verband. Was sie, alles in allem, aus der Ehe beibehalten hatten, das war nur das breite Ehebett, in dem jeder sich auf seiner Seite hielt.

Sie waren Geschäftspartner.

2

Er stand um fünf Uhr früh auf, wie er es sein Leben lang getan hatte, sommers wie winters. Zu der Zeit, als er Knecht gewesen war, war er noch früher aufgestanden; damals hatte es noch keine Melkmaschinen gegeben, und die Kühe wurden frühmorgens um halb fünf von Hand gemolken.

Neben ihm der Platz im Bett war leer. Jeanne war schon auf, und er hörte sie unten hin- und herlaufen.

Er ging ins Badezimmer, duschte und rasierte sich. Er gehörte nicht zu den Männern, die sich nur alle zwei oder drei Tage, oder womöglich nur samstags rasieren.

Die Möbel hier im Schlafzimmer wie auch im übrigen Haus, vorwiegend im Louis-Philippe-Stil, waren alt, schwer und massiv. Sie waren fast alle auf Versteigerungen erstanden.

Gestern abend hatte er Mühe gehabt mit dem Einschlafen. Er hatte auf die regelmäßigen Atemzüge seiner Frau gelauscht, in die sich manchmal eine Art Pfeifen mischte. Auch Alice schlief jetzt wohl da oben, direkt über ihnen.

Gab es jemand hier im Haus, der wirklich glücklich war? Wenn Lecoin nicht leicht betrunken gewesen wäre, hätte er nicht solche Überlegungen angestellt. Jeanne, vor allem ... War sie glücklich? – Sie beklagte sich nicht. Ihr Gesichtsausdruck war unverändert gleichmütig. Sie arbeitete von morgens bis abends und verließ nie das Haus, außer etwa einmal im Monat, wenn sie in La Rochelle Besorgungen machte. Was mochte in ihr vorgehen, so allein den ganzen Tag? Und warum hatte sie ihn geheiratet?

Beim Aufwachen kamen ihm Gedankenfetzen von gestern abend in den Sinn. Er hatte keinen Kater. Er konnte sich noch so sehr besaufen – am nächsten Morgen war er genauso frisch wie sonst auch.

Er zog sich an und ging ins Eßzimmer hinunter, wo ein Gedeck für ihn aufgelegt war. Die Küchentür stand offen, und Jeanne war dabei, Alice zu zeigen, was sie zu tun hatte. Das Mädchen trug das gleiche schwarze Kleid wie tags zuvor; es war wohl das einzige, das sie hatte. Sie war schlecht frisiert und sah blaß und unausgeschlafen aus so früh am Morgen. Und wieder überfiel ihn das Bild von den beiden, dem Mädchen und diesem Schwein von Paquot, der sich ihrer so zynisch bedient hatte.

»Bonjour, Lecoin.«

»Bonjour, Jeanne.«

Alice stellte eine Schüssel mit aufgewärmter Suppe vom Vortag vor ihn hin. Er nahm jeden Morgen eine komplette Mahlzeit zu sich, mit Eiern, Speck, danach Käse und manchmal zum Abschluß etwas Obst. Im Winter etwa konnte er einen großen Teller voll gedünsteter Kastanien mit Bauernbrot und Butter essen.

Draußen war es noch dunkel. Er drehte seine erste Zigarette zu Ende, stand dann auf, zog die Stiefel und die schwarze Lederjacke an und setzte seine Schiffermütze auf. Für ihn war das schon fast eine Uniform, die er nur dann leicht abwandelte, wenn er in die Stadt ging.

Seine Erinnerung an den gestrigen Tag war durchaus angenehm – die Erinnerung an die junge Frau, die er im Café getroffen hatte und gern wiedergesehen hätte. Er hatte ihr seine Adresse aufgeschrieben. Ob sie ihm wirklich Bescheid gab, wenn sie wieder nach La Rochelle kam? Was sie in Paris wohl machte? Auf den Strich gehen? Er konnte sich das nur schwer vorstellen. Sie wäre dann kaum so jugendlich und frisch geblieben.

In seinem Kopf ging es etwas verworren zu; seine Gedanken und Eindrücke reihten sich zusammenhanglos aneinander. Er mußte plötzlich daran denken, wie er auf dem Dorffest von Nieul seine Frau kennengelernt hatte.

Sie hatte ganz allein am Rande der von einem weiten Zeltdach überspannten Tanzfläche gesessen. Keiner hatte sie zum Tanzen aufgefordert. Nicht etwa, weil sie weniger attraktiv war als die anderen – nein, weil sie die Lehrerin war. Das flößte den jungen Männern Respekt ein. Sie saß mit ausdruckslosem Gesicht auf einer der Bänke, die Hände auf den Knien, und schaute den anderen beim Tanzen zu.

»Darf ich bitten?« Das war fast eine Provokation, weil er überzeugt war, einen Korb zu bekommen.

Sie aber war ganz einfach aufgestanden und ihm auf die Tanzfläche gefolgt. Beim Tanzen hielt sie sich dann etwas steif und auf Abstand, wie in der Defensive. Er wußte nicht, was er zu ihr sagen sollte. Er war damals noch sehr ungeschickt gewesen.

»Kommen Sie auch zum Fest von Marsilly? Das ist in einem Monat.« Er hatte sie wieder zu ihrem Platz geführt. »Was kann ich Ihnen zu trinken holen?«

»Eine Limonade, wenn es das gibt.«

Er war zweiundzwanzig gewesen damals. Er war es nicht gewöhnt, mit den Mädchen soviel Federlesens zu machen.

»Sind Sie hier aus der Gegend?«

»Aus Bressuire, im Bezirk Deux-Sèvres.«

»Sie sind aber nicht vom Land, oder?«

»Mein Vater handelt mit Futtermitteln.«

Er war dann gegangen aus Angst, ihr auf die Nerven zu fallen, hatte aber nicht mit anderen Mädchen getanzt. Er hatte sie noch zwei weitere Male aufgefordert, und sie hatte ihn mit einer Art Dankbarkeit angesehen, als ob er für sie ein Opfer brächte.

Sie war damals schlanker gewesen, ihr Körper biegsamer und ihr Gesicht weniger hart.

War er tatsächlich verliebt gewesen? Das erschien ihm jetzt eigenartig, nach all den Jahren. Ein Viertel- oder ein halbes Jahr vielleicht? Er hatte es so eingerichtet, daß er ihr bei Schulschluß begegnete, und er hatte ihr gegenüber immer ein Gefühl von Minderwertigkeit.

»Also bei mir«, sagte er, »da ist mit Bildung nichts los. Ich bin mit dreizehn von der Schule weg; ich hab noch nicht einmal ein Abschlußzeugnis.«

Sie hatte ihm beruhigend zugelächelt. Ja, damals hatte sie noch gelächelt.

»Mögen Sie Ihren Beruf?« hatte er sich noch erkundigt.

»Ich weiß keinen anderen ...«

»Auf einem Hof zu leben, das würde Ihnen keinen Spaß machen, nehme ich an?«

»Warum?«

»Weil man da nie mit der Arbeit fertig wird. Es gibt immer noch was zu tun ...«

Drei Monate später hatten sie in Bressuire geheiratet. Sie hatte drei Schwestern, die ihm mit Mißtrauen begegneten. Der Vater schien sich mit ihm abgefunden zu haben.

Sie hatten keine Hochzeitsreise gemacht. Der Hof wartete auf sie, und die tägliche Routine war gleich über Jeanne zusammengeschlagen.

Hatten sie so etwas wie Flitterwochen erlebt? Jeanne war noch Jungfrau gewesen, und das hatte ihm Eindruck gemacht. Er hatte versucht, sich ihr gegenüber nicht wie ein grober Klotz zu verhalten, mußte in den darauffolgenden Monaten aber feststellen, daß sie seine Zärtlichkeiten nicht erwiderte. Sie ließ alles geduldig und fügsam über sich ergehen. Nach einem Jahr war sie immer noch nicht schwanger, und er mußte sich mit dem Gedanken abfinden, daß sie nie Kinder bekommen würde.

Auf dem Hof zog sie geräuschlos und ohne erkennbare Anzeichen von Anstrengung immer mehr Kompetenzen an sich. So war es nach und nach zu der heutigen Form von Partnerschaft gekommen, bei der Gefühle keine Rolle spielten. Im Grunde mochte er sie recht gern, aber Liebe war das nicht.

»Ich schau mal bei Daniel vorbei.«

Daniel war sein fünf Jahre jüngerer Bruder, und die Leute sagten von ihm, daß er der beste Junge von der Welt sei. Aber in seiner Jugend war er doch nie länger als ein halbes Jahr in einer Stelle geblieben, und das, obwohl *er* doch bis zum Alter von sechzehn Jahren auf die

Schule gegangen war. Der Vater bevorzugte ihn. Er sah gut aus, und als Kind hatte er schönes gelocktes Haar gehabt.

Daniel hatte kein Stehvermögen. Er hatte in La Rochelle bei einem Metzger gearbeitet und war dann in verschiedenen Sparten mehr oder weniger durch die ganze Gegend gedriftet. Er hatte eine Friseuse geheiratet, die an der Place d'Armes arbeitete. Sie hieß Véronique, und sie war der Glücksfall seines Lebens gewesen.

Als Victor Lecoin sein jetziges Wohnhaus erworben und seine Muschelbänke erweitert hatte, da hatte er seinen Bruder und Véronique auf dem Hof, der *Ferme des Quatre Vents*, untergebracht, der ihm nach wie vor gehörte.

Dieser Hof bestand aus einem großen Gebäude, das einsam zwischen Esnandes und Marsilly fast an der Küste lag. Er umfaßte über zwanzig Hektar Land; im Stall standen zwanzig Kühe und in einer anderen Stallung etwa ein Dutzend Kälber. Außerdem war da noch ein prachtvoller Stier mit Nasenring.

Lecoin traf Véronique dabei an, wie sie den Kühen den Stutzen der elektrischen Melkanlage auf die Euter setzte. Sie hatte sich noch nicht zurechtgemacht, war aber auch so hübsch.

»Ist Daniel nicht da?«

»Er macht sich gerade fertig für den Markt in Niort. Eben wollte er auf dem Weg auch bei dir vorbeikommen ...«

Daniel hatte eine Schwäche für Jahrmärkte, für Lokale und Cafés, in denen die Stimmen durch den Raum schwirrten, der Pfeifen- und Zigarettenqualm in der

Luft hing und dem Gast ein säuerlicher Weingeruch entgegenschlug. Da konnte er stundenlang herumsitzen, mit Freunden diskutieren und Karaffe um Karaffe trinken. Er kam selten heim, bevor es dunkel war.

Véronique hatte Geduld mit ihm. Sie machte ihm nie Vorhaltungen, auch wenn sie im Grunde eifersüchtig war. Aber war er nicht der Mann, der Herr? Sie wartete bis in die späte Nacht auf ihn, und manchmal mußte sie ihn ausziehen und ins Bett bringen.

In Victors Gegenwart hielten die Leute den Mund – mal abgesehen von der komischen Nummer, die dieser miese kleine Lump von Théo gestern abgezogen hatte. Daniel gegenüber waren sie im Gegensatz dazu sehr aufgeschlossen; es gab keinen, der ihm etwas abgeschlagen hätte. Auch die Frauen fanden ihn attraktiv und konnten sich seiner ewig guten Laune schwer entziehen. Für Daniel gab es nichts, das wichtig war, das ernst war. Es renkte sich doch alles letzten Endes ein, oder etwa nicht?

»Ich geh mal rüber...«

Als er an dem ans Haus angrenzenden Gemüsegarten vorüberkam, sah er seinen Vater, der jetzt über achtzig war und mit den Jahren eine immer gebücktere Haltung angenommen hatte. Er sah aus wie ein Buckliger, arbeitete aber trotzdem immer weiter.

»Tag, Vater.«

»Tag, mein Sohn...«

Man hätte es nicht für möglich halten sollen, daß sie miteinander verwandt waren. Der Alte war nie groß gewesen; er war ein schweigsamer Mensch, ein Einzelgänger, der fast zwanzig Jahre lang Knecht auf ebendiesem Hof gewesen war. Er hatte keinerlei Ehrgeiz. Und seinen Sohn Victor, den hatte er wohl seit eh und je als fremd empfunden. Sein richtiger Sohn – der, zu dem er nun letzten Endes gezogen war –, das war Daniel.

Daniel, der die Stimmen gehört hatte, erschien in der Haustür. »Ah, ich wollte grade bei dir vorbeischauen ...«

»Ja, deine Frau hat es mir eben gesagt.«

»Kommst du einen Moment rein?«

»Ja. Und zu einem Glas Wein würd ich auch nicht nein sagen.«

Sein Bruder hatte sich für die Stadt angezogen. Er war einen Kopf kleiner als er und hatte viel feinere Gesichtszüge.

Im großen Kamin brannten Holzscheite; es war warm und anheimelnd hier. Es hieß, das Gebäude sei früher einmal von Mönchen bewohnt gewesen, und bei der Belagerung von La Rochelle habe ein unterirdischer Gang die Stadt mit dem Hof verbunden. Jedenfalls fand man in den Mauern immer wieder mal einen behauenen Stein, und in einem der Räume hatte man eine Nische freigelegt, in der möglicherweise eine Heiligenfigur gestanden hatte.

Der lange Tisch war schön poliert. Daniel ging zum Weinzapfen in den Keller hinunter, holte zwei Gläser und schenkte ein.

»Auf dein Wohl.« Er hatte sich Victor gegenübergesetzt.

»Auf dein Wohl.«

Seinem Bruder gegenüber war Daniel immer etwas gehemmt. »Wahrscheinlich sagst du wieder, daß ich nicht kalkulieren kann und daß ich dich teuer komme ...«, fing er an.

»Du solltest gemerkt haben, daß ich bisher noch gar nichts gesagt habe.«

»Ich gehe anschließend nach Niort, und ich war auch letzte Woche schon dort. Den Traktor haben wir jetzt zehn Jahre, und alle zwei oder drei Tage ist was kaputt dran. Manchmal kann ich ihn selber reparieren, aber das dauert Stunden. Und ein anderes Mal muß ich halt die Werkstatt anrufen ... Als ich das letzte Mal deiner Frau die Abrechnungen vorgelegt habe, da hat sie mir gesagt, daß das allmählich teuer kommt.«

»Also du willst einen neuen Traktor kaufen.«

»Nach zehn Jahren ist das wohl nicht zuviel verlangt. Ich hab in Niort einen gesehen, der einen etwas stärkeren Motor hat und genau das Richtige wäre.«

»Wieviel?«

»Fünfzehntausend.«

Victor Lecoin drehte sich eine Zigarette und sah seinen Bruder nachdenklich an. »Und wie lang brauchst du, um ihn genauso zuzurichten wie den ersten?«

»Sag doch gleich, daß ich keinen Traktor fahren kann! Und außerdem benutzt Véronique ihn die meiste Zeit.«

Véronique legte nämlich überall mit Hand an; sie pflügte und mähte. Sie hatte meist ein rotes Kopftuch umgebunden, trug schwere blaue Jeans und einen Lederblouson.

»Also bitte, wie du willst ... Aber du weißt jetzt Bescheid. Im Moment ist er wieder kaputt; er springt schlecht an, und außerdem braucht er ein neues Getriebe.«

»Geh bei Jeanne vorbei und laß dir das Geld geben. Ich sag ihr Bescheid.«

»Danke. Im Grunde bist du ein prima Typ.«

»Im Grunde?« fragte Victor ironisch.

»Einfach ist es nicht mit dir. Bei dir weiß man nie, wo man dran ist, weil man nicht weiß, was du denkst.«

Wozu sollte Victor sagen, daß Daniel in seinen Augen ein Versager war und ohne ihn, Victor, wahrscheinlich arbeitslos wäre?

»Wie geht's Vater?« erkundigte er sich. »Ich hab ihn grade im Gemüsegarten gesehen, wo's doch noch ganz dunkel ist...«

»Er hängt eben an seinen Gewohnheiten.«

Der alte Lecoin rauchte nicht und trank nicht, hatte aber stets ein Streichholzende zwischen den Zähnen.

»Da ist nichts, worüber er sich beklagt, und er hat immer noch einen gesunden Appetit. Gehst du nachher bei der Ebbe raus?«

»Ja.«

»Ich hab gehört, ihr habt ein neues Hausmädchen?«

»Ja. Seit gestern.«

»...und daß ihr voriger Arbeitgeber ihretwegen Ärger bekommen hat?«

»Von wem hast du das?«

»Ich weiß nicht mehr. Das war in Charron, im Café.«

Daniel hätte täglich von früh bis spät im Café sitzen können – weniger um des Trinkens willen, worin er für gewöhnlich noch mäßig war, sondern wegen der anregenden Atmosphäre: dem Stimmengewirr, dem Rauch, der sich in kurzer Zeit wie ein Nebel über die Köpfe legte.

»Wann wird der Traktor geliefert?«

»Morgen. Heute können sie nicht, weil Jahrmarkt ist.«

»Wann treibst du das Vieh auf die Weide?«

»In etwa zehn Tagen. Ich warte nur noch ab, bis das Gras etwas höher ist.«

»Und die Schafe?«

Die Schafe waren auf der sogenannten unteren Weide – nämlich am Strand. Es waren etwa fünfzehn.

»Ich hab sie letzte Woche geschoren.«

»Allein?«

»Mit Véronique.«

Jeanne half Victor Lecoin zwar auch, aber auf unpersönliche Art, steif. Sie erfüllte ihre Pflichten peinlich genau – ohne schlechte Laune, aber auch offensichtlich ohne Befriedigung. Véronique hingegen hatte Spaß an der Arbeit; sie war immer fröhlich, und wenn sie ihren Mann ansah, dann war ihr anzumerken, daß sie in ihn verliebt und bereit war, ihm alles zu vergeben.

»Hast du Kühe, die bald kalben?«

»Zwei in diesem Monat, und dann noch eine im nächsten. Wenn sie erst mal auf der Weide sind, verkaufe ich drei oder vier Kälber, sonst kommen wir nicht aus mit dem Platz.«

Victor hatte noch mehr Ländereien, und sie lagen zum Teil mehrere Kilometer weit weg. Er hatte sie verpachtet, und zwar an Metzger in La Rochelle, die hier ihr Schlachtvieh mästeten. – Zu Banken hatte er kein Vertrauen, und schon gar nicht in Aktien und Obligationen; Papiere, die Charles de Rosy ruiniert hatten. Er legte das Geld, das er verdiente, in solidem Grund und Boden an. Wenn in der Gegend kein Land zum Verkauf stand, dann erwarb er Goldstücke und füllte sie nach und nach in Flaschen, die er nachts an bestimmten, nur ihm und seiner Frau bekannten Stellen vergrub.

Lecoin schenkte sich ein zweites Glas ein, das er in einem Zug austrank. »Ich gebe Jeanne Bescheid. Laß dich nicht einwickeln! Wiedersehen ...« Er ging mit schweren Schritten hinaus und stieg in seinen Wagen.

Jeanne war schon im Büro. Vom Obergeschoß her drangen die Schritte von Alice, die das Schlafzimmer machte.

»Daniel wird dich um Geld bitten. Der Traktor ist offenbar im Eimer, und er will in Niort einen neuen kaufen.«

Sie machte keine Einwände. »Wieviel?«

»Ungefähr fünfzehntausend.«

»Dann reicht das, was im Tresor ist.«

Sie hatten einen alten, sehr schweren und voluminösen Tresor, wie man sie früher hergestellt hatte. Ein Einbrecher hätte ihn im Handumdrehen aufbrechen können.

»Ist Doudou da?«

»Er hat vorhin noch die Lkws gewaschen.«

Im Korridor blieb Lecoin unschlüssig stehen; schließlich stieg er in den ersten Stock hinauf und ging ins Schlafzimmer. Alice stand vornübergebeugt da und machte das Bett.

»Ich hab mein Taschentuch vergessen.« Er fühlte sich bemüßigt, eine Erklärung abzugeben, was eigentlich gar nicht seinem Charakter entsprach. Er ging zur Kommode und nahm sich ein Taschentuch heraus.

Sie sah ihn ernst an, als ob sie sich fragte, worauf sie sich bei ihm gefaßt machen müsse.

»Gefällt Ihnen das Haus?«

»Es ist praktisch.«

»Können Sie ein wenig kochen?«

»Nur einfache Gerichte. Madame zeigt mir, wie es geht. Sie ist sehr nett zu mir...«

»Ich will versuchen, es ebenfalls zu sein.« Er verließ das Zimmer; er fühlte sich etwas beschämt. Da hatte er doch eben dieser Göre den Hof gemacht! Er hätte am liebsten nicht mehr an sie gedacht, aber er hatte unablässig ihr Bild vor Augen. Und seine Frau hatte ihn nach oben gehen hören und schien begriffen zu haben – sie, die ja alles erriet. Das war es überhaupt, was ihn an ihr störte.

Lecoin hatte seine Mutter kaum gekannt. Sie war gestorben, als er sechs war, kurz nach Daniels Geburt. Und Jeanne... Sie hatte ganz allmählich aufgehört, seine Frau zu sein, und hatte statt dessen die Rolle der Mutter übernommen. Einer nachsichtigen Mutter zwar, der es aber an Wärme und Zärtlichkeit fehlte. Zärtlichkeit, die hatte Lecoin nicht kennengelernt; sie war ihm nie und von niemand entgegengebracht worden. Sein Vater hatte sich kaum um ihn gekümmert. Der Alte konnte weder lesen noch schreiben. Er ging selten ins Café, redete wenig und nur dann, wenn es nicht anders ging. – Ob er wohl etwas beschränkt war? Möglich, sogar wahrscheinlich. Seine Existenz glich etwa der von Doudou; nur, daß er im Haus schlief und die Mahlzeiten am Eßtisch einnahm.

Lecoin saß im Korridor in der Nähe der Garderobe

und zog die hohen Stiefel an. Dann ging er zur Garage hinüber, wo Doudou, der ihn mit einem breiten Lächeln empfing, gerade die Windschutzscheibe des kleineren Lkws polierte.

Das Meer glitzerte in einer strahlenden Sonne, und in der Ferne konnte man die braunen Segel der Fischerboote erkennen, die ihre Netze hinter sich her zogen.

Das Meer hatte sich etwas weiter zurückgezogen als tags zuvor, so daß der steinige Meeresgrund mit den eingelagerten Schlickstreifen offen dalag. Die Pflöcke der Muschelkulturen waren im unteren Teil von einer dikken Schicht grüner Algen bedeckt.

An den Austernbänken machten sich viele alte Frauen zu schaffen, und sie arbeiteten wie daheim im Haushalt: Sie machten Ordnung, und sie entfernten die großen Steine. Es waren auch Männer draußen; sie trugen hüfthohe Stiefel wie Lecoin.

Er mochte diesen Tagesabschnitt am liebsten; Doudou und er teilten sich die Arbeit auf, ohne daß es der Worte bedurft hätte. Sie hatten in zwei Stunden sieben Körbe mit Muscheln gefüllt, die Doudou zum Lkw trug. Die Muschelsaison war auf dem Höhepunkt. Ab Mai wurden die Lieferungen spärlicher, um dann in den Monaten, die auf r endeten, wieder aufgenommen zu werden.

Er hatte das Gefühl, daß sein Kopf wohltuend leer war. Er ging zu seinen Austernbänken und erntete einen flachen Korb voller Austern fürs Mittagessen. Er allein verzehrte ja bereits fünf bis sechs Dutzend.

»Wieviel zahlst du heute?«

»Zwei Francs mehr als gestern pro Korb. Wie viele hast du?«

»Acht Körbe.«

Er zog die dicke Brieftasche hervor und zählte die Scheine ab. Doudou hatte begriffen und trug die Körbe des alten Mathieu herbei. Alle fanden sich nacheinander bei ihm ein; sie feilschten und konnten sich der Anziehungskraft der dicken Brieftasche nur schwer entziehen.

Lecoin bekam insgesamt etwa dreißig Körbe zusammen. Er fuhr zum Dorf; ›Chez Mimile‹ hielt er wie sonst auch vor dem Eingang. Die Kartenspieler waren da, und er grüßte mit einer Handbewegung zu ihnen hinüber.

»Salut«, murmelten die anderen.

Doudou stellte sich ans andere Ende des Tresens. Das war schon zu einem Ritus geworden.

Théo Porchet war auch da, enthielt sich aber spöttischer Bemerkungen oder Anspielungen, die mehr oder weniger anzüglich waren. – Er war etwas über vierzig, und die anderen am Tisch waren gleich alt. Sie waren alle aus Marsilly, hatten miteinander gespielt und waren in der Schule in die gleiche Klasse gegangen.

Mit den Nachmittagsspielern war es nicht anders. Das waren die Alten, die über Siebzigjährigen, und auch sie kannten sich seit ihrer Kindheit. Nach all diesen Jahren setzten sie sich immer noch am gleichen Tisch im Bistro zusammen und spielten Manille. Zwei oder drei von ihnen saßen ständig rittlings auf einem der Korbstühle, verfolgten die Partie und kommentierten sie. So verging ein Jahr nach dem anderen.

Zur Vormittags-Spielerrunde gehörte auch Jo Chevalier, der Friseur, der in der Kirche als Küster fungierte. – Dann war da Louis Cardis; er hatte einen kleinen Hof mit vier oder fünf Stück Vieh, um den sich hauptsächlich seine Frau kümmerte. – Der kleine Marcel Lefranc wiederum war Metzger, schlachtete auf den umliegenden Höfen die Schweine und verarbeitete sie auch weiter, wenn man ihn damit beauftragte. – Pringuet schließlich war der Briefträger. Er schaute nur ein paar Minuten lang zu, ehe er seinen Dienst wiederaufnahm.

Lecoin hatte ein volles Glas vor sich auf den Tresen gestellt bekommen und trank es in kleinen Schlückchen leer, während er zu der Runde hinüberblickte. Durch die Tür mit dem Glaseinsatz sah er Mimiles Frau in kleinkarierter Schürze, wie sie das Messing blankpolierte. Hierfür, wie auch für alles andere, war ein bestimmter Wochentag vorgesehen: Montags zum Beispiel wurde gewaschen, und nicht nur bei Mimile, sondern fast überall im Dorf und auf den Höfen der Umgegend. Dann waren die Häuser umgeben von langen Reihen weißer Wäschestücke, die sich im Wind blähten.

Warum dachte er an diese Dinge? Vielleicht indirekt, weil er an Alice dachte. Würde sie wie das bisherige Hausmädchen die Wäsche machen, oder war sie dafür nicht kräftig genug?

Er nahm einen letzten Schluck, wischte sich über den Mund und stieß nun seinerseits ein brummiges »Salut! Salut, Mimile« hervor, während er zur Tür ging. Und Doudou folgte ihm, barfuß und geräuschlos.

Lecoin fuhr an seinem Haus vorbei direkt nach

Charron. Die Fenster standen offen, es war aber niemand zu sehen. Das Büro seiner Frau ging zum Hof hinaus, und Alice war wohl in der Küche.

In Charron standen fünf oder sechs Kleinlaster am Strand. Er ging bis zu den Muschelbänken hinaus, so daß die anderen Gelegenheit hatten, ihn anzusprechen.

»Wieviel zahlst du? Das gleiche wie gestern?«

»Pro Korb zwei Francs mehr...«

»Gut, ich hab zehn Körbe.«

Der Stumme las den Leuten die Worte von den Lippen ab, und er irrte sich nie. Niemand hatte ihm je etwas beigebracht; er war großgeworden wie eine wildwachsende Pflanze. Das war wohl auch der Grund, warum er darauf beharrte, allein in seiner Hütte zu leben.

Sie brachten es noch auf fünfzehn weitere Körbe und waren um zwölf wieder zu Hause. Doudou machte sich gleich daran, die Muscheln zu waschen.

Lecoin nahm den flachen Korb mit den Austern mit in die Küche. »Machen Sie die zum Mittagessen...«

»Ja«, sagte Alice zuerst folgsam, riskierte dann aber einen Einwand. »Wir haben schon Kalbsschmorbraten.«

»Macht nichts, da fangen wir mit den Austern an.«

Sie sah ihn unsicher an.

»Ach so...« Er hatte begriffen, was los war. »Sie haben noch nie Austern geöffnet?«

»Nein.«

»Ich zeig's Ihnen.« In der Schublade war ein Austernmesser, mit dem er die Austern geschickt öffnete, ohne den Bart stehenzulassen.

»Haben Sie gesehen, wie's geht?«

»Ja. Ich hab Angst.«

»Wovor?«

»Mich zu schneiden.«

»Versuchen Sie's einfach mal. Ich passe auf.«

Sie hielt das Messer ungeschickt, und er legte ihr den Griff richtig in die Hand. »Und jetzt führen Sie die Klinge hier entlang...«

Sie schaffte es nicht auf Anhieb, hatte den Bogen aber heraus, nachdem sie es vielleicht ein dutzendmal probiert hatte. Sie sah Lecoin dankbar an.

Es war das erste Mal, daß sie ihm gegenüber eine Gemütsbewegung erkennen ließ; am gestrigen Abend hatte sie ihn ja kaum angesehen. Was dachte sie von ihm? Daß er wie Paquot sei, wie alle Männer, und daß er über kurz oder lang etwas von ihr verlangen würde, das er als sein Recht betrachtete? Er schwor sich, sie nicht anzurühren. Außerdem war sie ja auch zu jung. Und zu dürr.

Lecoin betrat das Büro. »Ich hab zum Mittagessen Austern mitgebracht.«

»Aber wir haben schon...«

»Kalbsschmorbraten, ja, ich weiß.«

»Wer soll sie aufmachen?«

Jeanne hatte einen Horror vor Messern, und sie war mit dem Austernöffnen nie klargekommen.

»Alice.«

»Meinst du, sie kann das?«

»Ich hab's ihr gezeigt. Sie kommt zurecht.«

»Brauchst du heut nachmittag den Wagen?«

»Nein. Ich fahre die Muscheln im Lkw zum Bahnhof.«

»Nimm den Hausschlüssel mit für den Fall, daß du

vor uns da bist. Ich geh mit Alice in die Stadt, um ihr ein paar Kleider und Wäsche zu kaufen. Sie hat praktisch nichts außer dem, was sie auf dem Leib trägt.«

»Glaubst du, daß sie's packt?«

»Sie gibt sich große Mühe. Und wenn sie erst mal Bescheid weiß hier im Haus ...«

Sie nahmen das Mittagessen später als sonst ein, weil es eine Weile dauerte, so viele Austern zu öffnen. Lecoin verzehrte ungefähr sechs Dutzend, was ihn nicht daran hinderte, dem Kalbsbraten kräftig zuzusprechen.

Seine Frau ging bald zum Umziehen nach oben, während er sich eine Zigarette drehte und den Kaffee trank, den Alice ihm gebracht hatte. Sie ging von der Küche zum Eßzimmer und vom Eßzimmer zur Küche; er sah ihr nach, und sein Blick blieb immer an ihren langen nackten und mageren Beinen hängen. Sie hatte einen blauen Fleck am linken Schienbein. Sie mußte sich irgendwo angeschlagen haben. Er hätte sich gern mit ihr unterhalten. Aber sie mußte erst Vertrauen gewinnen, vor allem nach dem, war ihr in Surgères widerfahren war.

»Haben Sie auch Austern gegessen?«

»Nein. Ich hab die noch nie probiert.«

»Sind noch welche übrig draußen?«

»Ja.«

»Dann versuchen Sie mal.«

»Das fühlt sich so komisch an, so glibberig.«

»Daran gewöhnen Sie sich. Kommen Sie, ich zeige Ihnen, wie man sie von der Schale löst.« Er machte es ihr vor und hielt ihr eine Auster zum Essen hin.

Sie zögerte, sah ihn gehemmt an und schluckte die Auster schließlich hinunter.

»Und?«

»Nicht schlecht.«

»Essen Sie, soviel Sie wollen. Das gibt Ihnen Kraft.« Er lächelte ihr zu, was selten vorkam bei ihm. Wenn er wie gestern ›einen draufmachte‹, dann lachte er auch mal laut los, aber es war ein zu volles, aufgesetztes Lachen. Er mußte nun mal so tun, als amüsiere er sich. Vielleicht versuchte er auch, sich das selber vorzumachen.

Jeanne kam im schwarzen Kleid die Treppe hinunter; ihren Mantel, der ebenfalls schwarz war, hatte sie über dem Arm. »Beeilst du dich, Alice? Wir wollen doch zusammen in die Stadt.«

Alice hörte auf, Austern zu essen, und Jeanne sah ihren Mann an, als ob sie erriete, was sich eben abgespielt hatte. Sie war ihm nicht böse deswegen. Das Lästige an der Sache war eben, daß sie immer alles wußte.

»Hast du Besorgungen zu machen?« fragte sie.

»Ich fahr nur zum Bahnhof.«

Die Wanduhr im Salon schlug zwei, und Lecoin ging zur Garage, wo der Stumme gerade die letzten Muscheln wusch. Es war nie herauszufinden, wann er etwas aß. Er war immer da, und er mochte es auch nicht, wenn jemand seine Hütte betrat.

Nachdem alle Körbe gefüllt und mit den Etiketten versehen waren, schwang Lecoin sich auf den Fahrersitz und ließ den Motor an.

Sie fuhren durch Nieul und kamen an der Schule vorüber, an der Jeanne unterrichtet hatte. Das kam ihm so weit zurückliegend vor! Wie viele Jungen und Mädchen hatten inzwischen die Schule durchlaufen, die jetzt selber Vater oder Mutter waren!

Wie tags zuvor holte er seine Empfangsbestätigung ab; dann half er Doudou, die Körbe zur Waage hinüberzuschaffen. Und an der Kasse zog er wieder seine dicke Brieftasche heraus.

Es war erst kurz vor vier. Es lief schon Flut. Es würde nicht lange dauern, bis die größeren Schiffe in den Hafen einliefen, während die kleinen, die weniger Tiefgang hatten, noch weiterfischten.

Lecoin hatte seinen Hausschlüssel nicht vergessen, schloß auf, trat ins Haus und zog statt der Stiefel normale Schuhe an. Dann ging er zur Garage und fuhr den zweiten Lkw heraus, bei dem er gestern ein eigenartiges Geräusch wahrgenommen hatte, das ihm nicht gefiel. Er klappte die Kühlerhaube auf und begann den Motor durchzusehen. Zuerst spannte er den Keilriemen straffer. Da das Geräusch immer noch da war, baute er den Vergaser aus und tüftelte an der Einstellung herum.

Es machte ihm Spaß, so herumzuwerkeln. Eigentlich machte ihm alles Spaß, außer zum Beispiel Kartenspielen oder in einem Café herumzusitzen. Er ging fast immer in Bars, in denen er am Tresen stehenbleiben konnte.

Als der Vergaser wieder eingebaut war, machte er eine Probefahrt nach Marans, einer kleinen Stadt an einem stillgelegten Kanal weiter im Landesinneren, die er gern mochte. Er parkte in der Nähe der Brücke und kehrte in einer Eckkneipe ein.

Der Wirt kannte Lecoin gut, und er war in Hemdsärmeln wie Mimile. Er war aber älter und größer als der, und seine rötliche Gesichtsfarbe wurde durch sein weißes Haar noch stärker hervorgehoben. Er hatte die Angewohnheit, mit seinen Gästen zu trinken, so daß er schon gegen fünf Uhr eine schwere Zunge hatte.

Auch hier gab es Kartenspieler – Honoratioren, die fast schweigend spielten.

»Stimmt es, daß ihr das Mädchen geheuert habt, das bei den Paquots war?«

Lecoin gingen diese Art von Fragen gegen den Strich, und er nickte bloß.

»Habt ihr keine Angst?«

Er zuckte die Achseln und gab keine Antwort. Die Nachricht machte also die Runde. Doch nicht er hatte Alice ausgesucht, sondern seine Frau. Aber wozu sollte er ihnen das sagen? Und womöglich noch hinzufügen, daß er die Absicht hatte, sie nicht anzurühren?

»Dusel hat er gehabt, der Paquot. Der hätte ins Kittchen kommen können deswegen. Wenn der Staatsanwalt nicht so großzügig wäre ...«

Kinder spielten draußen auf der Straße, und sie schrien herum wie in der Pause auf dem Schulhof. Das Frühjahr war mild und schön. Eine junge Frau ging vorüber, die offensichtlich unterwegs war zu einem Besuch, denn sie war schick zurechtgemacht und trug weiße Baumwollhandschuhe.

Er leerte sein Glas und ging zu seinem Lkw zurück. »Auf geht's, Alter...« Er wußte nicht, ob er damit das Fahrzeug meinte oder sich selber.

Es gab Tage, an denen er sich nicht wohl fühlte in seiner Haut, und es kam vor, daß er Trübsal blies, wenn er zuviel nachdachte. – Was ging ihm ab? Er hatte mit nichts angefangen, mit weniger als nichts. Mit dreizehn Jahren hatte er auf einem Hof die Pferde versorgt – damals gab es noch wenig Traktoren. Hier in der Gegend so gut wie gar keine.

Es waren noch zwei weitere Knechte dagewesen, und sie hatten alle drei auf dem Speicher geschlafen, wo jeder sein Eisenbett hatte. Das war schon ein wenig ein Vorgeschmack auf später, in der Kaserne. Die beiden Männer waren vulgär, und er wurde heute noch rot, wenn er an die Geschichten dachte, die sie einander ohne Rücksicht auf seine Anwesenheit erzählt hatten. Dort hatte er auch zum ersten Mal einem Mann und einer Frau bei der Liebe zugesehen. Der eine der Knechte hatte sich eine junge, frisch angeheuerte Landarbeiterin geschnappt, die in einer angrenzenden Mansarde schlief.

»Hast du jetzt kapiert, wie man das anstellt, du Grünschnabel?«

Dieser Mann war noch am Leben. Lecoin war ihm eines Tages in Lhoumaux begegnet; er war im Zickzack von einer Straßenseite zur anderen getorkelt.

Lecoin hatte viel gearbeitet – mehr als sonst jemand, den er kannte. Er hatte auch viel auf sich genommen. Damals, als Pächter auf der *Ferme des Quatre Vents*, hatte er mit seiner Frau zusammen alles allein gemacht, um dadurch den Lohn für einen Knecht zu sparen; Jeanne hatte immer wieder auch Feldarbeit verrichtet.

Komisch, daß sie so wenig Freunde geworden waren, Kameraden. Feinde waren sie aber auch nicht. Sie lebten nebeneinander her, ohne sich in die Haare zu geraten, ohne sich je gegenseitig Vorwürfe zu machen. Aber es war offenkundig, daß es außer der Arbeit nichts Verbindendes zwischen ihnen gab. Abends saßen sie die meiste Zeit im Salon vor dem Fernseher, und sie konnten zwei

Stunden lang ein Programm ansehen, ohne ein Wort zu wechseln.

Sein Weg führte ihn an den *Quatre Vents* vorbei, und er hielt an. Sein Vater war dabei, den Stall auszumisten, und Véronique war beim Kochen.

»Ist Daniel noch nicht zurück?«

»Man sollte meinen, du kennst ihn nicht. Wenn er auf einen Jahrmarkt geht...«

»Ich weiß. Ich hoffe nur, er hat einen guten Traktor ausgesucht.«

»Es ist eins von diesen amerikanischen Fabrikaten – die sind offenbar am widerstandsfähigsten. Der alte war ja dauernd defekt... Was trinkst du? Einen Cognac?«

»Nein. Einen Schluck Wein, um dir keinen Korb zu geben. Was gibt das, was du da machst?«

»Das ist der Teig für eine Quiche lorraine.«

Sie war rosig und frisch, und mit ihrem offenen Lächeln wirkte sie trotz ihrer achtunddreißig Jahre jugendlich. Hatte sein Bruder eine solche Frau verdient? Hätte sie nicht eher Victor zufallen müssen? – Er hatte ihr natürlich nie den Hof gemacht, betrachtete sie aber nicht ungern, auch jetzt wieder, während er seinen Wein schlürfte.

»Was macht Vater?«

»Hast du ihn nicht gesehen?«

»Doch, aber ich hab ihn nicht danach gefragt. Ich hätte doch nur eine barsche Antwort bekommen.«

»Es geht ihm gut. Vielleicht arbeitet er ein wenig langsamer als früher; über den ganzen Tag verteilt schafft er aber trotzdem so viel weg wie ein guter Knecht.«

»... und immer noch so gesprächig?«

»Die paar Worte, die er in vierundzwanzig Stunden sagt, könntest du an den Händen abzählen.«

»Und sonntags? Macht er sich immer noch fein, wenn er auf ein Glas ins Café geht?«

»Klar. Er setzt sich ganz allein in eine Ecke und bestellt eine Karaffe. Er schließt sich nirgendwo an. Er sitzt nur da, mit dem Rücken zur Wand, schaut in die Runde und schnappt mal hier, mal da einen Brocken von dem auf, was ringsum geredet wird ... Er kommt rechtzeitig zum Abendessen heim und legt den guten Anzug wieder ab, bevor er sich an den Tisch setzt. Ach übrigens, wie läuft's mit eurem neuen Hausmädchen?«

»Jeanne ist mit ihr in die Stadt gefahren, um Kleider und Wäsche zu kaufen.«

»Ist sie hübsch?«

»Nein.«

»Das wird dir ja nicht besonders passen ...«

Er galt als Schürzenjäger, und das war er auch seit seinem fünfzehnten Lebensjahr. Mit reichlich der Hälfte aller Frauen von Marsilly mochte er geschlafen haben in den letzten dreißig Jahren, und sei es auch nur einmal heimlich. Er kam nicht dagegen an, er hatte einfach Lust auf alle Frauen. Vielleicht, weil ihm das größere Sicherheit gab? Aber wozu brauchte er Sicherheit? Was hätte ihn noch beunruhigen oder ängstigen sollen?

Er war ›der reiche Mann‹ in der Gemeinde – jedenfalls hatte er einmal gehört, wie eine Bäuerin das zu einer anderen gesagt hatte. Er kaufte weiterhin Land auf, wenn es welches zu kaufen gab, oder füllte Goldstücke in Flaschen und versiegelte sie. Er war nicht geizig, aber er hatte die Not zu gut kennengelernt, als daß er keine

Angst davor gehabt und nicht versucht hätte, sich gegen sie zu wappnen.

Jeanne hatte das begriffen, und deshalb half sie ihm wohl auch, so gut sie konnte. Und wenn er nachts eine weitere Flasche vergrub, dann stand sie daneben und hielt die Taschenlampe.

Er hätte mit der Arbeit aufhören und nur von seinen Einkünften leben können, vom Ertrag seines Hofs und der Pacht für seine Ländereien ... Ja, und dann? Was hätte er den ganzen Tag über tun sollen? Stundenlang bei Mimile Karten spielen und dabei ein Glas nach dem anderen trinken?

Da war er wie sein Vater. Dem hatte er auch vergebens die Zahlung einer Rente angeboten. Der Alte hatte nur den Kopf geschüttelt. ›Ich hab mein Leben lang gearbeitet, und das mach ich weiter bis zu meinem Ende ...‹ Sie versuchten vergeblich, die schwere Arbeit von ihm fernzuhalten. Arbeit, das war für ihn eine Herausforderung.

Es gab da ein kleines Geheimnis um seine Person. Er war nur sechs Jahre lang verheiratet gewesen. Mit dreißig – kurz nach Daniels Geburt – war er Witwer geworden. Und soweit Victor zurückdenken konnte, fiel ihm kein einziges Abenteuer seines Vaters ein. Auf dem Dorf verbreiten sich Neuigkeiten schnell, und wenn er eine Geliebte gehabt hätte, dann hätte sich das in der ganzen Gegend herumgesprochen.

Ob das zu Ehren des Andenkens an seine verstorbene Frau geschah? Schon möglich, und Victor wollte es gern glauben. Er hatte im Zimmer des Alten nur ein einziges Foto von seiner Mutter gesehen, nämlich das Hochzeitsfoto. In damaliger Zeit hatten nur wenige Leute einen Fotoapparat besessen, und fotografieren ließ man sich nur zu festlichen Anlässen.

Das Bild zeigte sie im weißen Schleier über dem langen Kleid mit der gerafften Schulterpartie, und auf dem Gesicht lag ein melancholischer Zug. Ob sie nur vornehm wirken wollte? Oder trug sie ihr Leiden schon in sich, ohne daß sie oder ihr Mann es wußten?

Lecoin wußte noch nicht einmal genau, woran sie gestorben war. Man hatte ihm seinerzeit nichts gesagt, weil er zu klein war. Und später hatte er sich nicht getraut, seinen Vater danach zu fragen. Selbst heute hätte ihm der Mut dazu gefehlt.

Als er nach Hause kam, stand der Peugeot bereits wieder in der Garage. Er ging ins Büro; seine Frau hatte sich umgezogen und saß an ihrem Platz.

»Das ist aber schnell gegangen.«

»Ich hab ihr ja nicht eine ganze Aussteuer gekauft, sondern nur das Dringendste. War gar nicht einfach. Sie ist so mager, daß sie mich in die Kinderabteilung geschickt haben.«

»Hat sie mit dir gesprochen?«

»Nur das Allernötigste. Vielleicht ändert sich das, wenn sie sich mal eingelebt hat – wenn sie sich überhaupt eines Tages eingewöhnt ...«

Als er bald danach Alice begegnete, trug sie wie seine Schwägerin Véronique eine kleinkarierte Kittelschürze, die ihr bis zum Knie reichte. Allein dadurch wirkte sie völlig verändert. Sie sah mit einem Schlag weniger kindlich und mehr wie ein junges Mädchen aus.

»Was gibt's zu essen?«

»Erbsensuppe und Käseomelette.«

»Können Sie das machen?«

»Madame zeigt mir, was ich tun muß.«

Sie machte kein freundliches Gesicht. Sie war aber auch nicht mißmutig. Es war ihr nichts vorzuwerfen.

3

Es war Sonntag, aber Lecoin stand trotzdem so früh auf wie sonst, auch wenn er nichts zu tun hatte. Jeanne war bereits in der Küche, aus der ein verlockender Kaffeegeruch heraufstieg.

Er hätte einen Eid darauf ablegen können, daß sonntags die Luft anders, der Himmel leerer war. Es war kein Laut zu hören außer dem gelegentlichen Krähen eines Hahns – mal näher, mal weiter weg.

Er trödelte herum heute früh; statt wie sonst rasch zu duschen, saß er eine ganze Weile in der warmen Badewanne. Dann zog er nicht seine übliche Kleidung an, sondern ein weißes Hemd und einen schwarzen Anzug, der ihm allmählich etwas eng wurde. – Als er nach unten kam, war seine Frau noch nicht angezogen, und auch das gehörte zur Tradition.

Es war für ihn gedeckt, und er trank zuerst seine Tasse Kaffee, wobei er auf die Geräusche aus der Küche achtete und nach Alice ausschaute.

Alice trug ihm dann auch auf – zuerst seine Suppe und danach die Eier mit Speck. Sie hatte einen der Kittel mit dem kleinen Karomuster an, die gestern gekauft worden waren.

War das nur so ein Gefühl, oder stimmte es, daß sie ihm nicht offen ins Gesicht zu sehen wagte? Waren für sie alle Männer gleichzusetzen mit Paquot? Oder brauchte sie einfach Zeit, um heimisch und vertraut zu werden?

»Sie hat mich gefragt«, sagte Jeanne, die ihm gegenübersaß und schon gefrühstückt hatte, »ob sie in die Kirche darf, zur Messe. Ich hab es ihr natürlich erlaubt.«

»Welche Messe?«

»Die um neun.«

Das war die zweite Messe; die erste, eine stille Messe, war um sieben. Die Lecoins gingen nicht zur Kirche. Zu Beginn ihrer Ehe hatte Jeanne das ein paar Monate lang getan, dann aber aufgehört. Mit dem Gemeindepfarrer standen sie aber trotzdem noch gut.

Heute, am Sonntag, gab Lecoin den Hühnern selber das Futter und sammelte die Eier ein. Seine Alltagsbeschäftigung fehlte ihm; er geriet wie an anderen Sonntagen auch ins Schwimmen und wußte nicht, wohin mit seinem großen Körper. Als er wieder ins Haus kam, war Jeanne nach oben gegangen, um sich fertig zu machen. Alice wohl auch – jedenfalls sah er sie nirgendwo. Und als sie herunterkam, trug sie ein marineblaues, nur mit einem kleinen runden Kragen aus weißem Rips verziertes Kleid.

Sie war mit einemmal anders. Er erkannte den jungen Dreckspatz vom ersten Tag nicht wieder, und das tat ihm leid – er hätte auch nicht sagen können, weshalb. Sie war ordentlich frisiert, und ihre Haut wirkte heller.

Etwas später sah er Doudou draußen im Hof. Auch er war im dunklen Anzug, mit Hemd und Krawatte. Der Sonntag war der einzige Tag in der Woche, an dem er nicht barfuß ging, und es war schwierig gewesen, passende Schuhe für ihn zu bekommen; er hatte Schuhgröße 48. – Was Doudou mit seinen Sonntagen anfing, wußte man nicht so genau. Ab und zu hatte man ihn auf den Bus nach La Rochelle warten sehen. Was konnte er dort wollen, wo doch die Straßen, außer zu den Gottesdiensten, so gut wie leer und alle Geschäfte geschlossen waren? An anderen Sonntagen wiederum blieb er, immer für sich allein, in der Gegend und landete schließlich wie Vater Lecoin bei Mimile, wo er von seiner Ecke aus den Kartenspielern zusah. – Was er wohl aß? Und mit wem er sich traf? Das war irgendwie rätselhaft, und Victor war nie dahintergekommen. An Wochentagen folgte Doudou ihm wie ein großer treuer Hund, aber die Sonntage behielt er für sich; erst am Abend tauchte er wieder auf.

Lecoin war im Grund nicht traurig veranlagt. Er liebte das Leben, und er nahm es mit allen Fasern in sich auf. Trotzdem legte sich ihm die Leere der Sonntage immer etwas aufs Gemüt. Und jetzt kam zu allem noch die Sache mit Alice dazu. Er mußte an sich halten, um nicht ständig in die Küche zu laufen. Er mußte ihre Anwesenheit spüren, sie sehen, sie in Reichweite wissen.

Sie mußte gerade nach oben und Jeanne helfen, das Schlafzimmer zu machen und das Bad aufzuräumen. Danach war es Zeit für die Kirche. Jeanne hatte ihr gestern sogar einen kleinen weißen Hut gekauft, ein komisches Gebilde, und sie trug ihn ungeschickt wie jemand, der noch nie einen Hut besessen hat.

Er sah ihr durchs Fenster hinterher, und dann kam Jeanne herunter. Sie war in Schwarz, und auch sie war nicht wie sonst. Sie sah aus wie eine alternde Bürgersfrau, die in die Breite gegangen ist. Sie hatte sich leicht geschminkt und roch zart nach Lavendel.

»Was machen wir? Ich hab nichts fürs Mittagessen gerichtet.«

Das war schon fast Tradition: Am Sonntag morgen setzten sie sich wie viele andere auch in den Wagen und fuhren los, irgendwo hin, über Straßen und Wege. Manchmal schlugen sie den Weg durch die Sümpfe ein, in Richtung Vendée, und sie aßen dann in Luçon, in Fontenay-le-Comte oder sogar in Les Sables-d'Olonne zu Mittag. Ein anderes Mal wieder wandten sie sich nach Süden. Sie saßen schweigsam im Wagen, fuhren langsam dahin und blickten gedankenverloren auf die vorüberziehende heimische Landschaft.

»Sollen wir eine *chaudrée* essen gehen?«

Das war eine Spezialität von Fouras, ein paar Kilometer von La Rochelle entfernt, und sie bestand aus einer Art Bouillabaisse, aber auf der Grundlage von kleinen Seezungen, Dörrobst und Aal.

»Das überlegen wir uns unterwegs.«

Lecoin holte den Wagen aus der Garage, und sie nahm neben ihm Platz. Sie hielt sich sehr gerade und sehr würdevoll, als ob sie auf dem Rücksitz einer Luxuslimousine säße, und sie sah dabei wichtig aus mit ihren regelmäßigen, aber harten Gesichtszügen.

Sie machten eine Runde durch La Rochelle und fuhren durch die ihnen wohlbekannten Straßen mit den Arkaden – einfach, weil ihnen das Fahren Spaß machte und sie sich gern die dunkel gekleideten Leute ansahen, die entweder zur Kirche gingen oder in der Konditorei, dem einzigen geöffneten Geschäft, anstanden.

Die Schiffe waren alle im Hafen; Fischer, die ebenfalls nicht wußten, was sie anfangen sollten, standen in kleinen Gruppen beieinander.

Sie fuhren über die Eisenbahnbrücke und dann weiter in Richtung Fouras. Als sie dort ankamen, war es viel zu früh fürs Mittagessen, und sie setzten ihren Weg in Richtung Rochefort fort. Dort war es noch ruhiger als in La Rochelle.

»Sollen wir was trinken gehen?«

»Wenn du willst.«

Sie hielten auf dem Marktplatz und gingen in eines ihrer Stammlokale, ein Café an einer Ecke.

Er brauchte nicht zu fragen, was seine Frau trinken wollte. Sie bestellte immer das gleiche. Jede Woche.

»Ein Portwein und eine Karaffe Weißwein«, sagte er.

Auch hier Kartenspieler. Sie waren überall anzutreffen; manche machten Witze und zogen sich gegenseitig auf, andere nahmen die Angelegenheit sehr ernst.

Es waren noch zwei weitere Ehepaare da, Leute wie sie selber. Das eine Paar hatte einen kleinen Jungen von fünf oder sechs Jahren dabei, der mit einem eigens verlangten Strohhalm Grenadine-Limonade trank wie Doudou.

Das Wetter war immer noch schön und der Himmel von einem fast einheitlichen Blau, nur mit einem ganz leichten, fast leuchtenden Dunststreifen am Horizont.

»Ich glaube, sie schafft es. Sie gibt sich jedenfalls viel Mühe. Man merkt, daß sie bisher schikaniert worden ist.«

»Hat sie nur die eine Stelle gehabt?«

»Ja. Sie ist direkt aus dem Waisenhaus nach Surgères gekommen.«

»Hat sie keine Verwandten mehr?«

»Offenbar nicht. Ihre Eltern sind eines schönen Tags einfach weggegangen und haben sie in der Kiste liegengelassen, die sie als Wiege benutzten. In einer Slumsiedlung bei Paris.«

Am liebsten hätte er noch mehr über sie erfahren, aber seine Frau war verstummt, und er hatte dauernd das Bild der schmutzigen Göre vor Augen, die ihm am ersten Tag so großen Eindruck gemacht hatte.

Léon, der Wirt, kam an ihren Tisch und begrüßte sie. Er war ein kleiner, selbstsicherer und sehr korpulenter Mann, der lange in Paris Taxifahrer gewesen und dann in die Provinz zurückgekommen war, um sich hier das erträumte Café zu kaufen.

»Und wie steht's mit der Gesundheit?«

»Danke, immer noch gut...«

»Bei mir geht's so, mal abgesehen von den Beinen. Die schwellen mir jetzt so leicht an. Wahrscheinlich, weil ich den ganzen Tag über stehe... So, Sie kriegen das gleiche noch einmal... Die Runde übernehme ich.«

»Aber nicht mehr für mich!« versuchte Jeanne abzuwehren.

»Scht, scht, so ein kleiner Portwein, den kann man doch immer noch vertragen.«

Sie fuhren bald wieder los in Richtung Fouras, wo sie immer ins gleiche Restaurant gingen. Hier in der Stadt war es noch ausgestorbener als anderswo; Fouras war ein Ferienort und hatte einen langen, von kleinen Villen und Familienpensionen gesäumten Strand.

Außer zwei älteren Bauern, die mit hochgekrempelten Hosen barfuß durchs Wasser liefen, war niemand am Strand. Vielleicht waren die beiden zum erstenmal hier am Meer. Auf dem Lande gab es ja noch mehr Leute wie sie, die immer nur bis zur nächsten Stadt fuhren, für gewöhnlich samstags zum Einkaufen.

Lecoins Vater zum Beispiel. Außer beim Militär war er nie weiter als bis La Rochelle gekommen. Für ihn war es schon ein Abenteuer, in einen Bus zu steigen. Er fühlte sich in seinem Winkel wohl, und dort blieb er auch. Er brauchte niemand; er sah nie gelangweilt aus, und manchmal bewegten sich seine Lippen. Er führte Selbstgespräche.

Sie nahmen ihr Essen auf der verglasten Veranda ein; nach der *chaudrée* aß Victor Spanferkel, während seine Frau sich mit einem Salat begnügte. Sie aß nicht viel, war aber trotzdem füllig. Das fiel noch mehr auf, wenn sie im Sonntagsstaat war, eingepreßt in ihr schwarzes Kleid.

Eine Stunde später waren sie zurück in La Rochelle und sahen sich die Kinoprogramme an. Ab und zu gingen sie ins Kino, diesmal aber reizte sie keiner der angezeigten Filme.

»Was sollen wir machen?«

»Was du willst...«

Sie fuhren einfach drauflos und landeten in Fontenay-le-Comte. Ob es da Menschen gab in den Häusern mit den geschlossenen Türen und Fenstern? Man hätte glauben können, man sei in einer anderen Welt, in der nur ab und zu ein paar Wagen verkehrten. Immerhin, in der Nähe der Brücke saß ein Angler, und zwei Gaffer standen mit aufgestützten Armen an der Brüstung und sahen zu ihm hinunter.

»Sollen wir zurück?«

Nichts war ihm lieber als das. Er war froh, wieder mehr in die Nähe von Alice zu kommen, sie zu sehen und ihr möglichst etwas zu sagen – im Vorübergehen nur eben ein paar Worte an sie zu richten, um einen Kontakt herzustellen. Sie hatte ihm den ganzen Tag über gefehlt, und er hätte wetten können, daß Jeanne das wußte.

Für gewöhnlich machte es ihm nichts aus, daß sie erriet, was in ihm vorging. Im Gegenteil. Es beruhigte ihn. Das war für ihn die Bestätigung, daß er, auch wenn er sich mit den Mädchen vergnügte, nichts Schlechtes tat, daß er sich nur sein Recht holte. Er war schließlich ein normaler Mann, verdammt noch mal. Der vielleicht etwas überdurchschnittliche Bedürfnisse hatte. Und die Moralvorstellungen? Vorurteile. Darum kümmerte er sich nicht. Sein Leben ging niemand etwas an, und falls es überhaupt jemand zustehen sollte, ihm dreinzureden, dann höchstens Jeanne.

Jeanne übrigens hatte das seit langem begriffen, und es lag ihr nicht, mit Resignation oder Tränen zu reagieren. Ihrer beider Partnerschaft lief reibungslos. Er mochte sie gern; er schätzte sie.

Die Haustür war abgeschlossen, als sie heimkamen, und Jeanne holte den Schlüssel aus ihrer Tasche.

»Sie ist wahrscheinlich durch die Küche reingegangen.«

Aber nein. Alice war in keinem der Erdgeschoßräume, und die Küchentür war ebenfalls abgeschlossen. Sie hatten beide die gleiche Idee: Alice hatte ihre Abwesenheit dazu benutzt, wegzugehen, Gott weiß wohin. Das Haus war ihr wohl zu still, die tägliche Routine zu lästig vorgekommen ...

»Ich sehe nach, ob sie in ihrem Zimmer ist«, kündigte er an.

Sie ließ ihn kommentarlos gehen. Er stieg die Treppe hinauf, kam im Mansardengeschoß an und klopfte am Dienstmädchenzimmer. Keine Antwort. Er trat ein: Das Zimmer war aufgeräumt, die Kittelschürze mit dem kleinen Karo lag auf dem Bett. Es hing ein ihm unbekannter Geruch im Zimmer, einer, der nicht zum Haus gehörte, der Geruch von Alice. Als er im Schrank nachsah, hing das schwarze Kleid da und ein anderes Baumwollkleid, das Jeanne ihr offenbar gekauft hatte.

Er stieß einen Seufzer aus. Er hatte Angst gehabt. Wenn sie wirklich weggewollt hätte, dann hätte sie ihre Habseligkeiten mitgenommen. Er stieg wieder hinunter. »Sie ist nicht da«, verkündete er. »Aber ihre Sachen hat sie nicht mitgenommen. Sie muß spazierengegangen sein.«

»Was machen wir? Fernsehen?«

Sie hatten das Gerät noch nicht lange. Es stand im Salon, wo sie sich nur aufhielten, wenn sie ein Programm ansahen.

»Ich geh erst mal zum Meer runter.« Er machte das öfters so. Sein Weg führte ihn ›Chez Mimile‹ vorbei und weiter zu dem Kiesstrand, wo die Pfähle der Muschelkulturen aus dem Wasser ragten.

Weiter in der Ferne hob sich eine Gestalt ab. Eine Frau, die langsam über die Kiesel schritt, von denen sie ab und zu einen ins Meer warf. Er glaubte die Gestalt von

Alice zu erkennen. Er traute sich nicht, ihr entgegenzugehen. Er traute sich aber auch nicht, auf sie zu warten und mit ihr zusammen durchs Dorf und nach Hause zu gehen.

Er setzte sich wieder in Bewegung, und diesmal stieß er die Tür zum Bistro auf. Es war viel mehr Betrieb als unter der Woche, und es herrschte ein solches Stimmengewirr, daß es klang, als redeten alle auf einmal. Die Belote-Spieler saßen an ihrem Tisch; ihnen gegenüber die alte Garde, die Manille-Spieler. Es waren auch noch andere da, die nur sonntags hier auftauchten.

Lecoin lehnte sich an den Tresen. Die Luft war rauchgeschwängert und blau, und Mimile stieg unablässig durch die Falltür hinauf und hinunter, um weitere Karaffen am Faß zu füllen.

Die Blicke richteten sich auf ihn; man grüßte ihn durch einen Zuruf oder eine Handbewegung. Die Haltung der anderen drückte eine Art Respekt aus, der vielleicht seiner Kraft, vielleicht auch seinem Reichtum zuzuschreiben war. Was nicht bedeutete, daß er beliebt war. Falls er morgen arm oder krank sein sollte... Wahrscheinlich würden sich die meisten von ihnen darüber freuen.

Er trank sein Glas aus und schenkte sich nach. Er schaute von einem Tisch zum anderen und versäumte dabei nicht, durch den Vorhang die Straße im Auge zu behalten. In ein paar Minuten mußte sie auf dem Weg nach Hause vor dem Lokal vorbeikommen.

Sie war ganz allein am Meer entlang spazierengegangen. Woran mochte sie denken? Wie stellte sie sich ihre Zukunft vor? Sie war an einen gut geführten und ruhigen

Haushalt geraten bei ihnen, in dem sie ordentlich behandelt und auch nicht mit Arbeit überlastet wurde. War sie zufrieden? Hatte sie noch ein wenig Angst vor ihm, wegen dieser Vorkommnisse in Surgères?

Er hätte gern an etwas anderes gedacht; er versuchte, eine der Partien zu verfolgen, konnte dem Spiel aber kein Interesse abgewinnen.

Es ging dann viel länger, bis sie vor dem Café vorbeikam, und er war auch nicht der einzige, der zu ihr hinübersah. Sein Blick fiel automatisch auf Théo, der ihm ironisch zuzwinkerte. Aha! Neu ausstaffiert habt ihr sie, die Kleine!, schien er damit sagen zu wollen.

Théo und er waren gleich alt. Sie waren zusammen zur Schule gegangen, und sie hatten sich von jeher nicht leiden können – warum, hätten sie wahrscheinlich beide nicht sagen können. – Bei Théo war sicherlich Neid mit im Spiel, weil er schon als Kind kränklich und einer der schlechtesten in der Klasse gewesen war. Sein Vater hatte den Klempner- und Eisenwarenladen geführt, und seine Mutter, eine dicke Frau, kränkelte in einem Sessel dahin und konnte ihr Zimmer über dem Laden nicht mehr verlassen.

»Nochmal das gleiche, Mimile!« Er hatte nicht die Absicht, sich zu besaufen, aber was konnten ihm schon ein paar Karaffen Wein am Tag ausmachen... Das einzige war, daß seine Gedanken dadurch eine andere Färbung annahmen. Die Welt um ihn herum bekam weichere Konturen, und als er jetzt an Alice dachte, empfand er kein Verlangen, sondern eine Art Zärtlichkeit.

Er hätte eine Tochter in ihrem Alter haben können;

sogar eine, die selber schon lange verheiratet war und Kinder hatte. Hatte ihm das gefehlt? In seinem Kopf reihten sich Bilder aneinander, vage, zusammenhanglos ...

Die anderen saßen oder standen hier herum, und er sah sie sich der Reihe nach an. Er überlegte dabei, ob es da welche gab, die wirklich Freunde waren. Sie schlugen sich gegenseitig auf die Schulter, wenn sie sich trafen, sie nannten sich beim Vornamen, duzten sich und erinnerten einander an Begebenheiten aus ihrer Kindheit und Jugend. ›Weißt du noch, wie damals der Lavaud umgekommen ist?‹ Lavaud war besoffen gewesen und von einem Lkw umgefahren worden. Er war dann noch in der Ambulanz gestorben, auf dem Transport nach La Rochelle.

Lecoin trank aus und zog seine alte Brieftasche heraus. Er sah eben noch aus dem Augenwinkel, wie einer seiner Nachbarn seinen Freund mit dem Ellbogen anstieß.

Er war eben ›der reiche Mann‹, wie eine alte Frau einmal gesagt hatte. Na und? Hatte er jemand anders auch nur das Geringste weggenommen? Er war vielleicht anspruchsvoller als andere, was die Qualität der von ihm gekauften Muscheln anging, aber er zahlte auch mehr als die anderen, und er übernahm auch noch die Reinigung und den Versand ... Und dann sein Hof, die *Ferme des Quatre Vents*. Er hatte ihm mehr eingebracht, als er ihn noch selber bewirtschaftet hatte, und er hätte gut daran getan, einen anderen Pächter zu suchen. Was aber wäre dann aus seinem Bruder geworden? Daniel, seiner Frau und seinem Vater zuliebe verzichtete er auf einen größeren Gewinn.

Dabei fiel ihm ein, daß er den neuen Traktor noch gar nicht gesehen hatte. Er fuhr an seinem Haus vorbei bis zum Hof. Véronique war allein zu Hause.

»Ist Daniel weg?«

»Sicher«, seufzte sie resigniert. »Wie jeden Sonntag.«

»Ist der Traktor geliefert?«

»Ja, gestern abend ist er gekommen. Willst du ihn sehen?«

»Ist Vater auch weg?«

»Ja, aber er muß jeden Moment zurückkommen, die Kühe versorgen. Er wird ins Bistro nach Esnandes gegangen sein.«

Er sah sich den Traktor im Schuppen an. Es war ein schönes Stück, knallrot gestrichen, mit starkem Motor.

»Gut ausgesucht, nicht?«

»Er hat sich den teuersten ausgesucht.«

»Ja, aber auch den widerstandsfähigsten ... Ich kann's gar nicht erwarten, damit zu fahren. Ich komm mir vor wie ein Kind, das ein neues Fahrrad bekommen hat.«

»Du hast ja bald Gelegenheit, ihn zu fahren.«

Véronique kümmerte sich nämlich ebenso um Pflügen und Aussaat wie um die Ernte. Heutzutage war das nicht mehr so wie in seiner Jugend, als man drei oder vier Knechte gebraucht hatte und darüber hinaus alle Bauern des Dorfes beim Einbringen der Ernte halfen ... Manchmal trauerte er der Zeit nach, als er den Hof selber bewirtschaftet hatte. Und er nahm es seinem Bruder übel, daß er ihn nicht mit mehr Engagement führte.

»Hast du hier zu Haus gegessen?« fragte er seine Schwägerin.

»Ja, ganz allein ... Er ist ja seit heut morgen weg. Weiß

der Himmel, in welchem Zustand er heimkommt...«
Sie war ihrem Mann nicht böse deswegen. So war es eben im Leben. »Und wie geht's Jeanne?« erkundigte sie sich.

»Danke, sehr gut.«

»Was macht das neue Mädchen?«

»Sieht so aus, als ob sie sich eingewöhnt. Sie redet nicht viel, aber das ist vielleicht Schüchternheit.«

»Bei dir hat sie's gut getroffen, wirklich.« Sie sagte das ohne ironischen Unterton. »Trinkst du ein Glas?«

»Nein, danke. Ich war grade bei Mimile und hab dort was getrunken.«

Als er nach Hause kam, stand Alice in ihrem kleinkarierten Kittel in der Küche und schälte Kartoffeln. Jeanne war nicht sichtbar; wahrscheinlich saß sie im Salon vor dem Fernseher.

»Hatten Sie einen schönen Sonntag?«

»Oh, ja...« Zum ersten Mal war ihr Zufriedenheit anzumerken.

»Was haben Sie nach der Kirche gemacht?«

»Ich bin hierher zurück und hab mir was zu essen gemacht.«

»Ist Ihnen das nicht komisch vorgekommen, so ganz allein im Haus?«

»Nein. Hinterher hab ich ein wenig geschlafen und bin dann am Strand spazierengegangen. Ich hab das Meer kaum je gesehen, bis jetzt... Es war kein Mensch da. Ich hatte den ganzen Strand für mich allein.«

Warum fühlte er Rührung in sich aufsteigen? Warum wagte er nicht, sich länger in der Küche aufzuhalten?

»Was essen wir?«

»Einen Eintopf mit Kraut.«

»Wissen Sie, wie man das macht?«

»Ja.«

Er ging zu Jeanne in den Salon und rückte den Stuhl neben sie. Es lief ein amerikanischer Film; die erste Hälfte hatte er verpaßt und konnte dem Rest nicht folgen.

Eine Woche später hatte sich noch nichts verändert. Es war die Zeit des geringen Tidenhubs, und bei Ebbe fiel das Wasser so wenig, daß es kaum etwas zu tun gab an den Muschelbänken. Er konnte fünf Tage lang keine Muscheln nach La Rochelle bringen.

Er blieb dennoch nicht müßig. Sie hatten einen riesigen Gemüsegarten, in dem es genug zu tun gab. Doudou war unterdessen dabei, die Schwingtüren an den Garagen mit einem neuen hellgrünen Anstrich zu versehen.

Alice... Sie ging ihm einfach nicht mehr aus dem Sinn. Das brachte ihn aus der Fassung, weil ihm das noch nie passiert war im Leben. Er hatte viele Frauen gehabt; Frauen der verschiedensten Art – einschließlich seiner eigenen –, aber keine hatte ihn auch nur annähernd aus dem Gleichgewicht gebracht. Das Wort Liebe hatte er nie ausgesprochen, und er glaubte im übrigen auch nicht daran.

Jetzt hatte er schon frühmorgens das Bedürfnis, unter irgendeinem Vorwand in die Küche zu gehen. Tatsächlich, er suchte nach Ausreden – so weit war es mit ihm gekommen! Und das bezog sich weniger auf Jeanne, die so tat, als merkte sie nichts. Es bezog sich vielmehr auf Alice.

Obwohl sie, wie jetzt dauernd, eine ihrer Kittelschürzen mit dem kleinen Karomuster trug, kreisten seine Gedanken doch unentwegt um das schwarze Kleid und die Sache mit Paquot. Diese Szene hatte sich so in seinem Hirn festgesetzt, daß er sie durch den kleinsten Anstoß klar vor Augen hatte, und dann wagte er niemand mehr ins Gesicht zu sehen.

Ob das Mädchen es merkte? Er hätte es nicht sagen können. Sie erledigte ihre Arbeit gewissenhaft, aber schweigsam. Sie redete nur, wenn sie gefragt wurde, und auch dann nur wenige Worte.

»Haben Sie gut geschlafen?«

»Ja.«

»Ist es nicht zu kalt in Ihrem Zimmer?«

»Ich hab noch nie in einem geheizten Zimmer geschlafen.«

Am mittleren Vormittag, wenn sie das Schlafzimmer saubermachte, suchte er wie ein kleiner Junge nach einem Vorwand, um nach oben zu gehen. Das war demütigend für ihn. Er sagte nichts zu ihr. Oder höchstens: »Ich hab mein Taschentuch vergessen.«

Sie ging um das Bett herum, um die Laken glattzuziehen, und wenn sie sich nach vorn beugte, wurden ihre mageren Beine sichtbar.

Machte sie sich klar, was vor sich ging? Wenn ja, so gab sie weder Stolz, noch Genugtuung, noch Mißfallen zu erkennen. Ihr Gesicht blieb einfach ausdruckslos.

Lecoin war überzeugt, daß seine Frau wußte, was los war, da ihr ja nichts entging. Das war erniedrigend. Da wäre es ihm noch lieber gewesen, sie hätte ihm Vorhaltungen gemacht.

Er ging nach wie vor gegen elf zu Mimile, und der

Stumme begleitete ihn wie selbstverständlich. Er war barfuß wie immer, und das, obwohl zwei Tage lang ein ziemlich kalter Regen niedergegangen war.

Wahrscheinlich täuschte sich Lecoin, aber er hatte es sich in den Kopf gesetzt, daß Théos immer sarkastischere Miene darauf zurückzuführen war, daß der den Verlauf seines Leidens verfolgte.

Ja, es war eine Krankheit, ein Leiden, und er war sich selber gram deswegen. Es war beschämend für ihn, zu mogeln, sich zu verstecken.

Während der Zeit der kleinen Tiden hatte auch Jeanne weniger Arbeit im Büro, und sie nutzte die freie Zeit für Hausarbeiten. So wusch sie sämtliche Tüllgardinen, die sie hinterher bügeln und wieder aufhängen mußte. Doch war ihm das alles vertraut; es gehörte zu dem, was im Frühjahr so nebenher anfiel.

Am späten Mittwochnachmittag war er voller Wut über sich selbst nach La Rochelle gegangen. »Wart nicht auf mich mit dem Abendessen«, hatte er gesagt.

Seine Frau wußte, was das bedeutete, und es hätte sie eigentlich überraschen müssen, weil es ihn gewöhnlich zum Wochenende packte.

Er ging zu Nénette. »Du schon wieder!« Nénette, die machte aus ihrer Überraschung keinen Hehl. »Tja, weißt du, Schatz, im Moment hab ich dir nicht so viel anzubieten. Willst du vorerst mal 'n Cognac?«

An der Bar saß ein Mädchen, das er nicht kannte. Sie war klein und brünett und schien auf jemand zu warten.

»Laß mich eben noch ein oder zwei Telefongespräche führen ...« Nénette ging ins Nebenzimmer und er bekam von dem, was sie sagte, nur Satzfetzen mit.

»Wenn ich dir doch sage, daß sich's lohnt ... Aber nein! Du wirst schon sehen ... Wie? Nein, du kennst ihn nicht. Also? Du kommst ...? Gleich, ja?«

Sie servierte ihm ein zweites Glas und wies mit den Augen auf das Mädchen an der Bar. »Gut, nicht? Für gewöhnlich macht sie so was nicht ... Und die andere, die gleich kommt ... Die haut dich glatt um.«

Er hätte am liebsten die Achseln gezuckt. Die eine oder die andere, was kümmerte es ihn? Es kam ja nur drauf an, nicht mehr an Alice zu denken. Und sich die Nase zu begießen, wie er es nannte.

»Hast du Champagner im Eis?«

»Hab ich immer, mein Schatz. Und wenn noch was Gutes kommt, solang du oben bist, dann schick ich sie zu dir rauf.«

»Nicht der Mühe wert ...«

Übrigens, was hielt Jeanne von der heutigen ›Tour‹, überlegte er erbost. Begriff sie, warum er das brauchte? Und wenn ja, bekam sie es nicht doch mit der Angst zu tun? – Wenn sie bloß nicht auf die Idee kam, sich in seiner Abwesenheit von Alice zu trennen ... Das war ja wohl das nächstliegende, was einem zur Lösung des Problems einfallen konnte. Letzten Endes ja wohl auch das einzige. Und das alles wegen Paquot, diesem Schwein.

Er mußte fast eine halbe Stunde lang auf das Mädchen warten; er saß da und schaute zu, wie die Regenschirme draußen auf dem Quai vorüberdefilierten. Dann tauchte sie auf, und sie hatte tatsächlich nichts von einer aus dem einschlägigen Gewerbe an sich. Sie mochte zwanzig bis zweiundzwanzig sein, wirkte völlig frisch und unverbraucht und hatte ein schüchternes Lächeln.

»Das ist Mademoiselle Fernande... Monsieur Victor...«

Sie streckte ihm ihre behandschuhte Hand entgegen und schien abwarten zu wollen, wie's weiterging.

»Wollt ihr's euch nicht hinten im Zimmer gemütlich machen, Kinderchen? Ich bring euch den Champagner rüber.«

Das Mädchen an der Bar schien überrascht, daß sie mitaufgefordert wurde, als sie in den kleinen Salon hinübergingen; Fernande ihrerseits runzelte die Brauen und war drauf und dran, wieder hinauszugehen.

»Aber nicht doch, Kleines. Du wirst sehen, ihr werdet euch alle drei wunderbar amüsieren.«

Fernande war rot geworden, und es bedurfte mehrerer Gläser Champagner, bis sie ihre Hemmungen über Bord warf.

Schließlich gingen sie nach oben. Fernande ging zum Ausziehen ins Badezimmer, während die andere ungeniert die Kleider ablegte.

Sie waren alle beide gut gebaut. Nénette kam mit zwei Flaschen Champagner, dem Lecoin dann am meisten zusprach.

Er nahm Fernande als erste, und er tat das fast wütend und böse. Sie sah ihn beunruhigt an, und auch die andere wirkte überrascht. Er hatte einfach Lust, sich zu rächen.

Aber wofür? Für die Lage, in die er sich gebracht hatte. Daß er so was wie ein Schlingel geworden war, der schummelt, um etwas Verbotenes zu tun.

Er blieb länger als in der vergangenen Woche und trank allein eine ganze Flasche.

»Warum bist du so nervös?«

»Wer sagt, daß ich nervös bin?«

»Das merkt man doch! Hast du dich mit deiner Frau gestritten?«

»Meine Frau und ich, wir streiten uns nie.«

»Weiß sie, daß du hier bist?«

»Ja.«

»Und das macht ihr nichts aus?«

»Nein.«

»Seid ihr schon lange verheiratet?«

»Über zwanzig Jahre.«

»Und wann hast du angefangen, sie zu betrügen?«

»Ich betrüge sie nicht.«

Ja, er war nervös, gereizt. Nach zwei Stunden hatte er von den beiden Frauen genug und holte die Brieftasche aus der Jacke. Er war freigebiger als gewöhnlich, wie um sich für seine Schroffheit zu entschuldigen.

»Ihr könnt euch wieder anziehen, Kinder...« Er selbst setzte sich in einen veloursbezogenen Sessel am Fenster und drehte sich eine Zigarette. Es war dunkel geworden, und das Licht der Laternen draußen verschwamm im Regen.

»Gehst du nicht runter?«

»Noch nicht gleich.«

»Sieht man dich mal wieder?«

»Bestimmt.«

Er hatte kein Licht angemacht. Das Zimmer wurde nur von draußen, durch die Straßenlampen erhellt. Er rauchte seine Zigarette langsam und mit düsterer Miene und stand nur auf, um sich zu vergewissern, daß nichts mehr in den Flaschen war. Alle Flaschen, auch die dritte, die Nénette noch gebracht hatte, waren leer.

Er stieg die gewundene Treppe hinunter und wäre beinahe gefallen; er war nicht mehr ganz sicher auf den Beinen.

»Einen Cognac!« Als er sich umdrehte, sah er das Mädchen, das zuerst an der Bar gesessen hatte, in Gesellschaft eines Mannes im kleinen Salon. Fernande hingegen war verschwunden.

»Na, was hab ich dir gesagt? Die ist Klasse, was?«

Er zuckte die Achseln.

»Sag mal, ich hab das Gefühl, du wirst ganz schön schwierig!«

»Mir stinkt's, ich hab genug.«

»Wovon?«

»Von allem.«

»Nicht wiederzuerkennen, der alte Victor... Du hast doch sonst mehr Schwung. Hast du Ärger?«

»Nein.«

»Steckt deine Frau dahinter?«

»Nein.«

»Du bist groß und kräftig, du bist reich. Was willst du noch mehr?«

Er konnte ihr nicht auseinandersetzen, daß ihm nichts fehlte außer einer schlecht gewaschenen Göre, die sich von einem Schwein namens Paquot überall hatte anfassen lassen und die sich nicht gewehrt hatte, als er ihr sein Glied in die Hand gegeben hatte. Lecoin nahm sich vor, nie so etwas mit ihr zu tun. Er faßte den festen Entschluß, sie nie anzurühren, war sich aber klar darüber, daß seine Entscheidung auf tönernen Füßen stand.

»Noch einen Cognac!«

»Bist du sicher?«

»Bin ich vielleicht blau?«

»Noch nicht, aber viel fehlt nicht ... Ich sag das ja nur, weil du noch ans Steuer mußt.«

»Schenk mir trotzdem einen ein. Ich bin dran gewöhnt, nach all den Jahren.«

»Also, wenn ich dich so sehe ... Du tauchst bald wieder hier auf, wie ich dich kenne.«

Sie hatte richtig getippt, aber er mochte es nicht, wenn man ihm das sagte. Zu sehen, wie die Leute versuchten, seine Gedanken zu erraten und Gründe für seine Handlungsweise zu finden, das brachte ihn auf die Palme.

»Was bin ich dir schuldig?«

Sie hatte den Betrag auf einem Notizblock zusammengezählt.

»Salut!« brummte er, als er sich von der Bar abwandte.

»Bist du jetzt eingeschnappt?«

Er schien zu zögern. »Schon gut«, meinte er aufseufzend, »ich bin dir nicht böse.«

Es gab Augenblicke, da war er auf Alice böse. Er wußte noch nicht einmal, wie es dazu gekommen war, daß seine Frau sie eingestellt hatte. Er brachte auch nicht den Mut auf, sie danach zu fragen; das würde bedeuten, daß er zuviel Interesse an dem Mädchen zeigte.

Er war hungrig. Er ging hinter der *Grosse Horloge* in ein kleines Café, aß zwei Sandwichs mit Schinken und trank ein Glas Bier.

Auch hier saßen Kartenspieler, und das fiel ihm allmählich auf die Nerven. Sie saßen glückselig da, hatten nur Augen für ihre Karten, machten mit triumphierender Stimme ihre Ansagen und knallten ihre Trümpfe mit einer Emphase auf den Tisch, als ob dies von weltbewegender Bedeutung sei ... Die da hatten wohl ihren Seelenfrieden. Und die Sorte gab's überall. Die fühlten sich bestimmt nie so leer wie er in diesem Moment. Hatten sie überhaupt ein Familienleben? Der Ecktisch in immer der gleichen Kneipe, mit ein und denselben Partnern, das war ihre Familie.

Er bezahlte und ging angewidert hinaus. Er blieb einen Augenblick stehen, weil ihm nicht gleich einfiel, wo er den Wagen gelassen hatte. Er hatte den Peugeot genommen, suchte aber gewohnheitsgemäß nach dem Lkw. Die frische Luft benebelte ihn nur noch mehr, statt ihm einen klaren Kopf zu verschaffen, und er hätte beim Anfahren beinahe den Motor abgewürgt. Glücklicherweise war er bald aus der Stadt draußen, und es kamen ihm unterwegs nur zwei Fahrzeuge entgegen.

Er fuhr den Peugeot in die Garage. Es hatte wieder stark zu regnen begonnen, und er schlug den Jackenkragen hoch. Er tauchte in die Wärme des Hauses ein, schüttelte die Regentropfen ab und betrat das Eßzimmer. Der Tisch war noch nicht abgeräumt, aber es lag nur ein Gedeck da. Jeanne hatte schon gegessen.

»Was möchten Sie essen?« Alice war im Türrahmen erschienen. »Madame hat Eier gegessen und Käse ...«

»Und ich hab in der Stadt gegessen.« Zögernd setzte er hinzu: »Danke, Alice.«

Er hörte undeutlich Musik aus dem Salon. Er überquerte den Flur und traf seine Frau vor dem Fernsehgerät an.

»Bist du zurück?«

»Wie du siehst. Ich bin noch nicht vermißt gemeldet.«

Idiotisch. Schon allein dieser Satz und die entsprechende Betonung gaben Jeanne deutlich zu erkennen, daß er betrunken war.

»Hast du gegessen?«

»Zwei große Schinkensandwichs.«

»Sollen wir nach oben gehen? Es gibt ohnehin nichts Gescheites im Fernsehen. Ich hab's nur zum Zeitvertreib laufen lassen, während ich auf dich gewartet habe.«

»Ich jedenfalls geh schlafen.«

»Ich auch.«

»Du bist eine prima Frau, Jeanne.«

Sie gab keine Antwort. Sie wußte, was es zu bedeuten hatte, wenn er sentimental wurde.

»Wenn du nicht so jung wärst, dann würde ich sagen, du bist mir wie eine Mutter. Ich habe meine Mutter praktisch nicht gekannt, verstehst du, und ich könnte sie auch dann nicht wiedererkennen, wenn sie heute von den Toten auferstehen würde.«

»Komm schon ...«

»Moment, ich will Alice noch Gute Nacht sagen. Nette Kleine, die Alice ... Das hat sie nicht verdient, einem Schwein wie Paquot über den Weg zu laufen.«

»Alice ist schon raufgegangen.«

»Vor fünf Minuten hat sie mich noch gefragt, was ich essen möchte.«

»Du kannst ja selbst in der Küche nachsehen.«

Jeanne hatte recht. In der Küche war es dunkel, und im Treppenhaus waren noch die Schritte des Mädchens zu hören.

Er stolperte über die unterste Stufe und mußte sich mit den Händen abfangen. Selbst wenn Jeanne so tat, als habe sie nichts gemerkt, war es doch demütigend. – Er war stärker betrunken als sonst, zog sich ungeschickt aus und ließ die Kleider einfach auf dem Boden liegen. Jeanne hob sie wortlos auf und hängte sie an ihren Platz.

»Soll ich dir Natron geben?«

»Nein.«

Wenn er zuviel getrunken hatte, hatte er manchmal Sodbrennen, und sie gab ihm dann doppeltkohlensaures Natron.

»Das stimmt, was ich dir unten gesagt habe, weißt du... Du hättest eine phantastische Mutter abgegeben.«

»Schlaf jetzt.«

Er schlief so schnell ein, daß er nicht hörte, wie Jeanne sich hinlegte. Am nächsten Morgen hatte er tatsächlich so etwas wie einen Brummschädel, und er war weniger denn je mit sich selbst im reinen.

Die Woche zog sich so dahin. Am Morgen sah er kurz nach den Muschelbänken. Der Wind hatte gedreht, und die See ging höher. Auf dem Kies am Strand zeichnete sich ein langgezogener Tangstreifen ab, der den höchsten Stand der Flut anzeigte. – Später arbeitete er im Garten; die Erde war schwer und klumpig. Im hinteren Teil des Gartens mußte ein größeres Stück dringend von Gestrüpp und Unkraut befreit werden. Bei Daniel war das die Arbeit seines Vaters, der stundenlang mit krummem Rücken über den Rabatten zubrachte.

Welche Freuden hatte der Vater gehabt im Leben? Und welche hatte er noch? Er war bestimmt verliebt gewesen in seine Frau, aber die war schon nach wenigen Ehejahren gestorben. Und seither hatte man bei ihm nichts von irgendwelchen Liebesabenteuern erfahren.

Er war von Sonnenaufgang bis Sonnenuntergang an der Arbeit; die einzige Abwechslung war sonntags, wenn er sich im Bistro von Esnandes in eine Ecke setzte.

Lecoin lehnte sich innerlich auf, wußte aber selbst nicht recht, warum. Er ging ins Haus, um sich ein Glas Wein einzuschenken, und traf die beiden Frauen in der Küche an. Sie standen sich gegenüber und bügelten. Er sah, daß Alice gerade eines seiner Hemden bügelte, und das gab ihm ein komisches Gefühl, so als ob dadurch eine Art Vertrautheit zwischen ihnen entstünde.

Er ging wieder an seine Arbeit im Gemüsegarten. Der Stumme war jetzt dabei, die Innenseite der Garagentüren zu streichen. Er wußte sofort, was es zu bedeuten hatte, als Lecoin gegen halb zwölf in der Nähe auftauchte, und sie gingen beide zu Mimile. Der eine trank seinen Weißwein, der andere seine Grenadine-Limonade.

Sie waren nur zu dritt am Tisch der Kartenspieler, und sie schienen auf etwas zu warten.

»Ist Cardis nicht da?« fragte er erstaunt.

»Er ist vom Traktor gefallen und hat sich das Bein gebrochen. Jetzt brauchen wir einen vierten Mann. Hast du keine Lust, für ihn einzuspringen?«

»Nein, ich bin kein Kartenspieler.«

»Wir erklären dir, wie's geht.«

»Nein, danke.«

Immer noch dieses höhnische Grinsen von Théo, dem er am liebsten eins in die Fresse gegeben hätte. Aber so jemand schlägt man nicht, so einen Schwächling wie den Klempner. Erstaunlich, daß er es überhaupt schaffte, halbwegs ordentlich seinem Beruf nachzugehen.

Mimile schob ihm sein volles Glas hin. »Du hast deinem Bruder einen neuen Traktor gekauft, hab ich gesehen ...«

»Na ja, schließlich arbeitet er ja für mich.«

»Trotzdem, das muß dich ’ne Stange Geld gekostet haben.«

»Was sein muß, muß sein, oder?«

Es regnete nicht mehr, war aber grau und verhangen. Die Ile de Ré, die sich sonst als dunkler Streifen jenseits der Bucht abzeichnete, war nicht zu erkennen.

»Es ist schon besser, das schlechte Wetter kommt in der Zeit der kleinen Tiden.«

Er hatte die beiden Frauen wieder vor sich, wie sie in der wohligen Wärme der Küche standen und bügelten. Ob Alice bei Jeanne gesprächiger war? Hatte sie zu einer Frau mehr Zutrauen als zu einem Mann? Er wollte sie an sich gewöhnen. Es war dumm von ihm gewesen gestern, daß er betrunken nach Haus gekommen war. Sie mußte es bemerkt haben, und das war nicht dazu angetan, sein Ansehen zu heben.

Und was konnte ihm das letzten Endes eigentlich ausmachen? Er war frei, oder etwa nicht? Niemand hatte sich je herausgenommen, ihm zu sagen, er solle dies tun oder jenes lassen... Und wegen einer kleinen ungewaschenen Rotznase würde er doch nicht...

Sogleich verübelte er sich diesen Ausdruck, wie eine Gotteslästerung. Er schenkte sich nach und leerte sein Glas in einem Zug. »Was bin ich dir schuldig?« Aber er brauchte die Antwort nicht abzuwarten; es kostete jeden Tag gleich viel. »Komm mit, alter Doudou«, brummte er, als ob der fähig gewesen wäre, ihn zu hören.

Der Stumme folgte ihm ohnehin.

Er nahm seine Arbeit im hinteren Teil des Gartens wieder auf, und nach etwa einer Stunde ging er zur Pumpe, um sich Gesicht und Hände zu waschen, bevor er sich an den Mittagstisch setzte.

4

Er war dazu übergegangen, viel zu trinken, als ob ihn das am Denken hindern könnte. Und je mehr er trank, desto weniger ließ ihn das Bild von Alice los, die für ihn immer größere Bedeutung bekam.

Wenn ihm noch vor zehn Tagen jemand gesagt hätte, daß ihm so was passieren würde, dann hätte er nur die Achseln gezuckt. Anderen vielleicht, ja. Aber ihm doch nicht. Er hatte sich noch von keiner Frau beeindrucken lassen, noch nicht mal von seiner eigenen.

Und gerade Jeanne, beziehungsweise ihre Haltung, brachte ihn jetzt aus dem Konzept. Sie legte keinerlei Besorgnis an den Tag. Sie war wie immer – ruhig, kühl und stets etwas steif und förmlich. Aber sie beobachtete ihn, wie man einen Kranken beobachtet und dabei versucht, den weiteren Verlauf seines Leidens zu prognostizieren.

Wenn sie ihn unerwartet in der Küche antraf, wo er eigentlich nichts verloren hatte, dann schien sie seine Anwesenheit ganz normal zu finden; nicht sie verlor die Fassung, sondern er.

Es kam so weit, daß er ihr nicht mehr offen ins Gesicht sah. Er hatte das Gefühl, seine Verwirrung müßte ihm auf der Stirn geschrieben stehen. Selbst bei Mimile gab er sich düster, fast mürrisch.

Und Alice? Merkte sie, was in ihm vorging? Sie kam

und ging; sie sah nicht aus, als ob ihr irgend etwas auffiele. Ihre Miene blieb ausdruckslos... Ein Mann in seinem Alter, der sich wegen einer Göre wie ihr derart verrückt machte – ob sie das nicht lächerlich fand? Oder, andersherum: Schmeichelte es ihr insgeheim?

Er wußte nicht mehr, woran er war. Er wollte es auch nicht mehr wissen. Denken, das tat weh. Unterschwellig spürte er, daß es nicht so weitergehen konnte, daß er es über kurz oder lang tun würde. Und das machte ihm Angst; er schämte sich schon im voraus.

Am Donnerstag abend lag er wach im Bett und lauschte auf die regelmäßigen Atemzüge von Jeanne. Wenn sie nicht dagewesen wäre... Er hatte getrunken, zuerst bei Mimile, und dann zu Hause. Seine Gedanken verschwammen, gerieten ins Schleudern. Wenn Jeanne nicht dagewesen wäre... Wenn Jeanne nicht mehr da wäre... Wenn Jeanne etwas zustoßen würde... Ihr Blutdruck machte ihr zu schaffen, und sie hatte bereits zweimal einen kleinen Infarkt gehabt. Der Arzt hatte ihr geraten, sich zu schonen. Gesetzt den Fall also, er würde eines Tages allein zurückbleiben...

Würde er Alice heiraten?

Die Leute würden sich über ihn lustig machen. Ein Mann von fünfundvierzig, der ein sechzehnjähriges kleines Mädchen heiratet... Na und wenn! Das war ihm egal. Ja, er würde sie heiraten, was immer daraus werden mochte.

Jeanne ahnte nicht im entferntesten, was für Gedanken ihm durch den Kopf gingen. Seine fixen Ideen vom vorigen Abend fielen ihm ein, als er am nächsten Morgen unter den Wimpern hervorblinzelte und ihr beim Aufstehen zusah.

Er war ungerecht ihr gegenüber. Jede andere hätte ihm bestimmt die Hölle heiß gemacht. Sie aber sagte nichts, obwohl sie Bescheid wußte. Sie blieb unverändert, ohne ein Zeichen von Ungeduld oder von schlechter Laune. Es war gewissermaßen so, als ob er eine Krankheit ausbrütete. Man hätte meinen können, sie wartete, bis er ihre Pflege brauchte.

Wieder ein trister langweiliger Tag, alles Grau in Grau... Er ging zum Strand und sah sich das wogende Meer und die tiefhängenden, prall mit Regen gefüllten Wolken an, die am Himmel vorüberjagten.

Am Tisch der Belote-Spieler bei Mimile hatte Louis Cardis wieder seinen Platz eingenommen. Er hatte das rechte Bein in Gips, neben sich die Krücken. Théo Porchet hatte sein gewohntes höhnisches Grinsen aufgesetzt.

Doudou trottete wie eh und je hinter Lecoin her wie ein großer treuer Hund, der unverzüglich nach jedem schnappt, der seinem Herrn zu nahe kommt.

Lecoin war überzeugt, daß der Stumme wußte, was los war. Er war vielleicht nicht intelligent, und es war ihm auch nie etwas beigebracht worden. Aber er verfügte, genau wie ein Hund, über einen sicheren Instinkt. Was mochte er von dem halten, was Lecoin widerfuhr? Es war schon eigenartig: Am meisten scheute er noch davor zurück, womöglich den Stummen zu enttäuschen, seine Achtung zu verlieren.

Am Nachmittag faßte er plötzlich den Entschluß, wieder ›auf Tour‹ zu gehen. Er hatte genug davon, hier zu Hause herumzustreichen – immer in der Hoffnung, den bewußten Rock zu erblicken oder einen Blick zu erhaschen.

Er war schlecht gelaunt. Und schon als er die Tür zur Bar aufstieß, sah er, wie Nénettes Miene sich verdüsterte. Aber das war ihm egal. Sollte sie doch denken, was sie wollte. Er setzte sich auf einen der Barhocker und sah sich verwundert um. »Ist niemand da?« fragte er.

»Oben ist besetzt ...«

»Für länger?«

»Glaub ich nicht. Einen Cognac, ja?«

Draußen regnete es, und hier drinnen war die Stimmung öde.

»Weißt du, daß es mir direkt weh tut, dich so zu sehen?«

»Was soll das heißen? Mich wie zu sehen?«

»Das weißt du ganz genau, besser als ich. Vergiß nicht, daß wir alte Kumpel sind. Wie lang kennen wir uns jetzt eigentlich, wir beide?«

»So um die fünfzehn Jahre ...«

»Damals hatte ich meine Bar noch nicht. Ich war eine unerfahrene Anfängerin, die auf den Strich zu gehen versuchte. Zu der Zeit hab ich so blutjung und so wohlbehütet ausgesehen, daß die Männer sich nicht getraut haben, mich anzusprechen.«

»Das war in der Rue du Minage.«

»Ja. Und an einem Winterabend. Ich hatte beschlossen, daß ich's noch eine Viertelstunde lang probieren wollte; dann würde ich nach Haus gehen und mich hinlegen, so elend hab ich gefroren ... Du bist an mir vorbeigegangen und hast mich erstaunt angesehen. Dann hast du dich umgedreht und kehrtgemacht, hast mich überholt und wieder angesehen.«

Er erinnerte sich daran. Sie war keine Zwanzig gewesen und hatte noch weit jünger ausgesehen. Der Mund war zu einem traurigen Flunsch verzogen gewesen, als ob sie am liebsten losgeheult hätte.

»Ich war ganz platt, als du mich endlich angesprochen und gefragt hast, wo ich hinwollte. Und ich hab gesagt, daß ich nach Haus wollte. ›Darf ich Sie begleiten?‹, hast du da gemurmelt; du hast dich nicht lang mit Umwegen aufgehalten. Du warst ein gutaussehender Bursche – bist du übrigens immer noch. Du hast mich danach oft besucht. Ich hatte ein kleines möbliertes Zimmer mit einem Bett, bei dem die Sprungfedern quietschten, und wie laut ... Erinnerst du dich noch dran?«

»Ja, ja ...« Er saß gedankenverloren da. Die gleiche Situation heute ... Und mit Alice ...

»Später haben wir einander lange nicht wiedergesehen, und damals hat mir ein Reeder, der sich in mich verguckt hatte, die Bar hier geschenkt. Na, du siehst, es ist nicht übertrieben, wenn ich sage, daß wir alte Kumpel sind. Ich habe die verschiedensten Typen kennengelernt, weiß du ... Und ich seh das sofort, wenn ein Mann Sorgen mit sich rumschleppt. Wie du im Augenblick ...«

»Noch einen Cognac.«

»Bitte ... Weißt du, man merkt dir an, daß du eher herkommst, um dir einen anzutrinken, als wegen der Mädchen. Und das paßt nicht zu dir. Du hast was, das dir zu schaffen macht, mein Lieber. Und deine Geschäfte sind's ja wohl nicht, die dir Kummer machen. Steinreich bist du, was man so hört.«

Er hätte ihr gern gesagt, sie solle gefälligst den Mund halten, brachte aber nicht die nötige Energie auf.

»Ist es deine Frau?«

»Nein. Sie ist immer gleich. Ich hab ihr nichts vorzuwerfen.« Er hatte ihr früher einmal erzählt, daß seine Frau frigide sei. Und daß die Liebe eine Qual für sie sei. Das stimmte auch, und das war zweifellos auch der Grund, warum sie nie eifersüchtig gewesen war.

»Dein Bruder?«

»Nein. Ich hab keinen Grund, mir seinetwegen Sorgen zu machen.«

»Du willst mir doch nicht etwa erzählen, daß du dich verliebt hast?«

Sie hatte damit den neuralgischen Punkt getroffen, und er wäre beinahe böse geworden.

»Das kommt in jedem Alter vor, weißt du. Ich zum Beispiel hab mich vor drei Jahren bis über beide Ohren verliebt, so wahr ich hier stehe. Das hat sechs Monate gedauert und ist mich teuer zu stehen gekommen. Und doch ist es vorüber, und ich leide nicht mehr darunter.«

Man hörte, wie oben eine Tür zuging, dann kamen Schritte aus dem Treppenhaus. Ein Mann wurde sichtbar; er hatte den Mantelkragen hochgeschlagen, hielt den Kopf gesenkt und durchquerte schnellen Schrittes den Raum, als ob er sich schämte.

»Die meisten sind so wie er, hinterher.«

Ein Mädchen, das Lecoin schon in der vergangenen Woche gehabt hatte – die dickliche Blonde –, schwang sich ganz am Ende des Tresens auf einen der Barhocker.

Nénette ließ sich nicht vom Thema abbringen. »Dann will sie nichts von dir wissen?« erkundigte sie sich.

»Nein, das ist es nicht.«

»Ach, dann ist es eine, an der du dich nicht vergreifen willst?«

Er gab keine Antwort. »Hast du ein Mädchen für mich?«

Sie wies mit den Augen auf die Blonde, die gerade heruntergekommen war.

»Nein, also das denn doch nicht. Da hätte ich ja das Gefühl, in Pantoffeln zu schlüpfen, die noch warm sind vom Tragen ...«

»Ich will's versuchen, aber es ist nicht einfach.«

Sie ging in den hinteren Salon, und er hörte, wie sie dreimal telefonierte.

»Na, macht nichts, meine Liebe«, sagte sie beim ersten Anruf. »Ein anderes Mal dann wieder ... Aber nein! Ich bin dir nicht böse.« Beim zweiten Mal wurde am anderen Ende nicht abgenommen. Und beim dritten Versuch schließlich redete sie ziemlich lange. »Da nimmst du dir eben ein Taxi ... Wegen der Kosten brauchst du dir keine Gedanken zu machen.«

»Wer ist das?« fragte er sie, als sie wieder hinter dem Tresen stand.

»Die kennst du nicht. Sie ist Schneiderin und kommt nur ab und zu. Diesmal wirst du dich ja nun mit einer begnügen müssen.«

Ihm war das egal.

»Champagner, nehme ich an?«

»Ja.«

Champagner oder irgendwas anderes! Er wußte noch nicht einmal mehr, warum er hergekommen war.

»Du mußt mich einen Moment entschuldigen. Ich will eben noch das Zimmer machen oben.«

Er wies auf das Mädchen am Ende des Tresens. »Ich geb einen aus für sie«, sagte er zu Nénette.

Dann wartete er und sah zu, wie es regnete. Es ging nicht lange, da hielt ein Taxi am Straßenrand. Eine junge Frau im Regenmantel stieg aus, bezahlte die Fahrt und trat ein. Sie sah sich erstaunt um, weil Nénette nicht da war.

»Sie ist oben«, sagte Lecoin zu ihr. »Sie wird gleich wieder runterkommen.«

Sie hatte wohl begriffen, daß er der Freier war, der auf sie wartete, und setzte sich zu ihm auf den nächsten Barhocker.

»Was trinken Sie?«

»Eine *menthe à l'eau*.«

Er ging auf die andere Seite des Tresens und schenkte ihr ein, während sie ihm mit einer gewissen Verwunderung zusah.

»Sie sind wohl Stammgast hier?«

»Und Sie?«

»Ich bin erst seit einem Monat in La Rochelle, und ich war noch nicht oft hier. Ich arbeite.«

»Ja, ich weiß. Sie sind Schneiderin.«

»Ich hab vorher in Luçon gewohnt. Mein Mann hat mich verlassen, und da mußte ich eben eine Arbeit finden. Etwas, das für mich akzeptabel war.«

Nénette kam herunter. »Ah, ihr habt euch schon bekannt gemacht... Also das«, stellte sie vor, »ist Hélène. Und dies hier ist Monsieur Victor«, sagte sie zu der jungen Frau gewandt. »Einer meiner besten Freunde, und er hat gerade ein seelisches Tief. Vielleicht kannst du was tun, damit es sich verzieht. So, Kinder, ihr könnt rauf. Ich bring euch gleich den Champagner.«

Die junge Frau sah verwirrt aus. Sie trug ein dunkelgrünes Tailleur unter ihrem Regenmantel. Sie schien eine gute Figur zu haben, und das Gesicht war sympathisch.

Sie gingen schließlich hintereinander die Treppe hinauf. Das Zimmer wirkte trübselig grau, wie eingenebelt, und er zog die Vorhänge zu und knipste die Nachttischlampe an.

Nénette kam unmittelbar nach ihnen und stellte den Champagner und die Gläser auf ein Beistelltischchen.

»Kommen Sie oft her?« fragte sie ihn.

Es fiel ihm auf, daß sie ihn nicht von vornherein duzte, wie es fast alle taten. Bei ihr spürte man Zurückhaltung, eine gewisse Unerfahrenheit.

»Das ist unterschiedlich.«

»Und Sie lassen sich immer Champagner bringen?«

»Ja.«

»Dann trinken Sie den sehr gern?«

»Champagner oder was anderes. Egal...«

»Ich hab schon seit Jahren keinen mehr getrunken. Seit meiner Hochzeit, genau genommen.«

»Und wann war das?«

»Vor drei Jahren. Ich hab ein Kind erwartet, aber es ist tot zur Welt gekommen. Mein Mann hatte eine gute Stellung, aber kein Sitzfleisch. Als ich eines schönen Tages vom Einkaufen zurückgekommen bin, hab ich gemerkt, daß seine Sachen nicht mehr in der Wohnung waren. Ich weiß nicht, wo er jetzt steckt; er hat nie mehr was von sich hören lassen. Jedenfalls hat er Luçon verlassen und ist wahrscheinlich nach Paris. Davon hat er immer geredet. Er fand es beschämend, in der Provinz zu leben ... Und Sie? Wohnen Sie in La Rochelle?«

»Nein. In einem kleinen Dorf, zehn Kilometer von hier. Auf Ihr Wohl!« Er trank nacheinander zwei Schalen aus. »Wollen Sie sich nicht ausziehen?«

»Möchten Sie das wirklich?«

»Aber ... Wieso fragen Sie das?«

»Weil Sie sich nicht wie ein Mann benehmen, der gerade Lust hat, mit einer Frau ins Bett zu gehen.«

Alle sahen sie es ihm an, sogar diese Frau, die er vor einer Viertelstunde noch nicht gekannt hatte. Ob bei sich zu Hause, bei Mimile oder hier, er wurde überall quasi unter die Lupe genommen, und es war fast wie ein Preisausschreiben, wer zuerst die wahren Gründe für sein Verhalten rauskriegte.

Sie zog sich trotzdem aus, und sie hatte wirklich eine schöne Figur und eine sehr weiße und zarte Haut.

»Enttäuscht?«

»Nein.«

»Aber Sie ziehen sich nicht aus.«

»Nein.«

Er streichelte sie zerstreut und war in Gedanken bei Alice. Warum mußte ihm das gerade mit ihr passieren? Er konnte soviel Frauen haben, wie er nur wollte. Wenn er sich in eine andere verliebt hätte, dann hätte er ihr eine hübsche kleine Wohnung eingerichtet und sie zwei- oder dreimal pro Woche besuchen können; sogar täglich, wenn es ihm danach war.

»Woran denken Sie?«

»An gar nichts.«

»Und an wen denken Sie?«

»An ein Mädchen«, gab er zu.

»Können Sie sie nicht haben?«

»Nein.«

»Warum? Will sie nichts von Ihnen wissen?«

»Weiß ich nicht.«

Sie lagen Seite an Seite, und sie wagte sich schließlich vor und streichelte ihn wie in einem Reflex. »Kommen Sie deswegen hierher?«

»Ich bin schon vorher gekommen.«

»Nénette ist eine tolle Person. Dabei hat sie's auch nicht immer leicht gehabt im Leben. Mal rauf, mal runter...«

»Ich kenn sie seit fünfzehn Jahren.« Er richtete sich auf, um etwas zu trinken. Er war zu nüchtern. Er hatte das Bedürfnis, seinen Gedanken etwas von ihren scharfen Konturen zu nehmen. Er reichte der jungen Frau eine Schale.

Sie trank schlückchenweise, den Arm auf den Ellbogen gestützt. Dabei blickte sie ihn nachdenklich an. »Ich hab nicht besonders viel Männer gekannt«, sagte sie schließlich. »Aber ich glaube nicht, daß es viele wie Sie gibt. Sind Sie schon lang so?«

»Seit zwei Wochen.«

»Und vorher?«

»Da war ich wie die anderen.«

»Versuchen Sie doch mal einen Moment, an gar nichts zu denken.«

Sie liebten sich, einfach und ganz ohne Raffinesse. Ihr machte es mehr Vergnügen als ihm. »Fertig?« fragte sie, als er aufstand.

»Nein. Ich will was trinken.«

»Trinkst du immer so viel?«

Jetzt redete sie ihn mit Du an.

»Nein.«

Die Flasche war beinahe leer. Er drückte auf eine Klingel; unten in der Bar schellte es.

Zwei Minuten später wurde an die Tür geklopft, und Nénette erschien mit zwei weiteren Flaschen.

»Ich hab dir gleich zwei gebracht...«

Die junge Frau auf dem Bett schien fast entsetzt. »Willst du das alles trinken?«

Er zuckte bloß die Achseln. Das konnte sie nur fragen, weil sie ihn nicht kannte. Er goß ihr ein, aber sie trank nur ein Drittel und stellte das Glas dann auf dem Nachttisch ab.

»Wie ist dir da zumute gewesen, als dein Mann plötzlich weg war?«

»Ich weiß nicht... Im Anfang hab ich mich aus der Bahn geworfen gefühlt. Dann hab ich gedacht, es war vielleicht besser so. Wir waren nicht füreinander geschaffen. Er war vom Typ her leichtsinnig, nervös und hat immer irgendwelche unmöglichen Pläne entwickelt; ich dagegen bin eher ruhig und vernünftig. In Luçon, wo meine Verwandtschaft sitzt, wollte ich nicht bleiben, und so bin ich nach La Rochelle gegangen. Bisher hab ich erst sehr wenige Kundinnen, aber das wird schon noch.

Und in der Zwischenzeit komme ich ab und zu hierher... Aber so einem wie dir bin ich noch nie begegnet. Die anderen sind gehemmt, oder aber sie erzählen dir ihr ganzes Leben. Und hinterher wollen sie möglichst schnell weg. Du dagegen... Du gibst einem das Gefühl, dich schon seit langem zu kennen. Man möchte dich alles mögliche fragen, aber das wird dir wohl nicht recht sein.«

»Nein.«

Sie trank ihr Glas leer. »Und was machst du nachher, wenn du blau bist?«

»Nichts. Ich geh nach Haus.«

»Und was sagt deine Frau dazu?«

»Nichts.«

»Du bist schon ein unwahrscheinlicher Typ.«

»Ich bin ein Mann wie andere auch. Ich will jetzt was trinken. Gib mir dein Glas rüber...«

Sie tranken die zweite Flasche leer, bevor er sich wieder zu ihr legte.

Eine Viertelstunde später wurde sacht an die Tür geklopft. Nénette. Lecoin rief ihr durch die Tür zu, sie solle reinkommen.

Nénette winkte ihn zu sich heran. »Ich hab noch 'ne andere unten, die du nicht kennst. Soll ich sie raufschicken?«

Er zögerte. »Nein.«

Sie konnten es miteinander, Hélène und er. Sie machte keine Umstände. Jetzt, wo sie drei oder vier Glas Champagner getrunken hatte, hatte sie funkelnde Augen und lachte ungezwungen drauflos.

»Was hat sie gewollt?«

»Mir noch eine schicken.«

»Brauchst du immer gleich mehrere?«

»Zwei oder drei ... Kommt drauf an, was da ist.«

»Und praktizierst du das schon lange? Und oft?«

»Ja und nein. Bisher etwa einmal die Woche oder alle zwei Wochen. Jetzt aber könnte ich jeden Tag kommen.«

»Sehen wir uns wieder, wir beide?«

»Wahrscheinlich.«

»Soll ich dir meine Adresse geben? Hast du was zum Schreiben?«

Er holte sein Notizbuch aus der Tasche.

»Also: Hélène Fornoy, rue du Marché 27, zweiter Stock ... Ich empfange daheim zwar nie Besuch, aber bei dir ist es was anderes ... Champagner, den kann ich dir nicht anbieten, aber ich kaufe einen Cognac und stelle die Flasche beiseite. Ich hab gesehen, daß du Cognac getrunken hast, als ich reingekommen bin. Meinst du, du kommst?«

»Ich glaub schon.«

»Ich verlange auch nichts dafür, weißt du ...«

Irgendwie war sie ziemlich naiv.

»Aber sag bloß nichts zu Nénette, die würde mir das übelnehmen.«

Wie sehr das alles gegen Alice abstach! Man hätte meinen können, sämtliche Frauen seien für ihn erreichbar, versuchten es ihm recht zu machen, nur nicht die junge Rotznase aus Surgères.

Und wenn er mit ihr schliefe? Würde sie sich wehren? Würde sie das Haus verlassen?

Er machte die dritte Flasche auf, trank ein Glas und legte sich wieder hin.

»Was machen wir?« fragte Jeanne, als sie fertig gefrühstückt hatten.

»Irgendwo essen gehen, ganz egal, wo. Vielleicht in Niort – da sind wir schon lange nicht mehr gewesen.«

Alice war nach oben gegangen und machte sich für den Kirchgang zurecht. Es regnete nicht mehr, aber es blies ein kräftiger Wind, und die See war stürmisch. Ob sie heute nachmittag wieder die ganze Zeit am Strand entlanglaufen würde?

Sie trödelten herum, und es war halb elf, als Victor den Peugeot aus der Garage holte. Sie fuhren nicht auf dem direkten Weg nach Niort, sondern machten einen großen Umweg über Luçon, Fontenay-le-Comte und Pouzauges. Sie fuhren einfach, nur so, weil sie nichts anderes zu tun und sich nichts zu sagen hatten.

In Niort gingen sie in die Brasserie am Markt, in der sie für gewöhnlich zu Mittag aßen. Victor bestellte wie immer eine Sauerkrautplatte, während seine Frau sich mit einem Lammkotelett begnügte.

Es waren weitere Ehepaare da, einige davon mit Kindern, die ebenfalls den Sonntag zu einem Essen im Restaurant nutzten. Lecoin kehrte hier meist an Markttagen ein, wenn überall Männer herumsaßen und -standen und die Luft zum Schneiden war.

Auf der Rückfahrt machten sie noch weitere Umwege und brachten so den größten Teil des Nachmittags hin. Lecoin wartete dauernd darauf, daß Jeanne von Alice anfinge, ihn vor ihr warnen würde, aber sie tat nichts dergleichen. Obwohl, sie hatte eine sorgenvolle Miene . . . Aber hatte sie die nicht immer?

Es war gegen fünf, als sie beide ins Haus traten, und im

gleichen Moment klingelte im Büro das Telefon. Jeanne stürzte zum Apparat.

»Hallo ...? Ja, ich bin's ... Versuchst du's schon lange? Wie ...? Zum dritten Mal? Wir sind in Niort gewesen ... Was hast du gesagt?« Zu Lecoin gewandt sagte sie: »Es ist Bernard.«

Bernard Bertaut, der Ehemann von Hortense, Jeannes älterer Schwester ... Sie wohnten in Cholet, im Département Maine-et-Loire, wo Bertaut eine Weberei besaß. Sie hatten drei erwachsene Kinder. Die eine Tochter war in Paris verheiratet. André, der Sohn, war in Kanada, wo er für Funk und Fernsehen arbeitete. Nur die jüngste Tochter lebte noch bei den Eltern.

»Bist du sicher ...? Weißt du das von den Ärzten?« Jeannes Stimme klang gebrochen, und sie setzte sich, als ob die Aufregung ihr in die Beine gefahren sei. »Ja ... Selbstverständlich komme ich ... Nein, mit der Bahn. Victor könnte den Wagen brauchen, wenn ich weg bin ... Ich glaube, ich hab einen Zug um halb sieben ... Ja. Bis nachher ... Und Kopf hoch, Bernard.«

Bernard war ein großer, dicklicher Mann mit rosigem Gesicht, in dem für gewöhnlich ein Lächeln stand.

Jeanne brauchte eine Weile, bis sie sich wieder gefaßt hatte. »Sie haben sie zum dritten Mal operiert ...«

Hortense hatte Gebärmutterkrebs gehabt und war deswegen in den letzten Jahren schon zweimal operiert worden.

»Sieht so aus, als ob der Krebs sich im ganzen Körper ausgebreitet hat. Die Chirurgen haben sie einfach wieder zugenäht. Man erwartet, daß es zum Schlimmsten kommt ...«

»Die arme Frau ...«

»Ich fahre natürlich hin. Bernard ist niedergeschmettert. Ich konnte ihn nur mit Mühe und Not verstehen.«

»Warum nimmst du nicht den Wagen?«

»Ich hab's ja gesagt – ich weiß nicht, wie lange ich weg bin. Das hängt von Hortense und ihrem Zustand ab. Und in der Zeit könntest du den Wagen brauchen.«

Seit einer Kollision mit einem Autobus, die sehr glimpflich verlaufen war, setzte sie sich ohnehin nicht mehr gern ans Steuer.

»Ich will eben noch das Nötigste packen ... Könntest du in der Zwischenzeit die Abfahrtszeit nachsehen? Der Fahrplan ist im untersten Fach, da im Regal hinter meinem Schreibtisch.«

Somit würden er und Alice allein im Haus sein. Er konnte es noch nicht fassen. Er wagte nicht, sich zu freuen. Im übrigen war er sich nicht klar darüber, was passieren würde; er machte keine Pläne.

»Sechs Uhr siebenundfünfzig«, sagte er, als er im Schlafzimmer oben war.

»Ich weiß nicht, warum, aber ich habe seit heute früh ein Gewicht auf mir lasten gefühlt. Eine Vorahnung, könnte man meinen ... Meine gute, tüchtige Hortense, die so stolz auf ihre Kinder ist.« Sie packte Wäsche, ein Kleid, Schuhe und Toilettensachen in den Koffer. »Fährst du mich zum Bahnhof?«

»Selbstverständlich.«

Er trug den Koffer nach unten und schenkte sich ein großes Glas Wein ein, dann noch eines. Seine Hände zitterten vor Aufregung. Daß das so schnell gehen könnte, daß er mit Alice ganz allein im Haus sein würde, darauf war er nicht vorbereitet gewesen. – Er konnte es kaum erwarten, bis seine Frau weg war: Er hatte Angst, sein Zustand könne ihr auffallen... Wenn er ihr nicht schon aufgefallen war.

Unterwegs trafen sie Alice, die zu Fuß vom Strand zurückkam.

»Hast du ihr nicht noch was zu sagen?« fragte er.

»Sie weiß schon, was zu tun ist...«

Sie fuhren weiter. Am Bahnhof ging Jeanne auf den Schalter zu. »Tja dann«, wandte sie sich an Lecoin. »Geh du nur, du brauchst nicht zu warten, bis der Zug abfährt.«

Sie gaben sich wie gewöhnlich einen flüchtigen Kuß auf beide Wangen.

»Gib wenigstens acht, Victor«, murmelte sie fast widerstrebend, als er gerade zum Wagen zurück wollte.

Das traf ihn wie ein Schock. Da hatte doch tatsächlich Zärtlichkeit in ihrer Stimme mitgeschwungen – vor allem, als sie ihn beim Vornamen genannt hatte.

Auf ihre Art mochten sie sich im Grunde alle beide. Nicht umsonst hatten sie so lange zusammengelebt.

Und sie kannte ihn so gut! Sie wußte, in welche Kerben sie hauen konnte; das wußte wiederum er, und er war deswegen oft gereizt, ja gedemütigt. Sie neigte dazu, ihn wie ein großes Kind zu behandeln, das für sein Tun nicht verantwortlich ist.

Er hielt vor einer Bar, weil er einen Cognac trinken und dadurch das Zittern seiner Hände beruhigen wollte. Dann stieg er wieder in den Wagen, den er wenige Minuten später in die Garage fuhr. Er sah auf die Armbanduhr: Der Zug war abgefahren. Er überquerte den Hof und betrat das Haus durch die Küche.

Alice war dabei, Eier zu schlagen. Sie hatte das dunkelblaue Kleid schon abgelegt und trug wieder die kleinkarierte Kittelschürze.

»Ist Madame nicht bei Ihnen?«

»Sie mußte dringend nach Cholet. Ihre Schwester liegt im Sterben.«

Er beobachtete ihre Reaktion. Sie sagte nichts, aber er hatte das Gefühl, ihr Gesichtsausdruck sei noch ein wenig ernster geworden. Dann warf sie ihm einen Blick zu, der eigentlich eine stumme Frage war.

»Was machen Sie zum Abendessen?«

»Ein Omelett, hatte Madame gesagt... Womit wollen Sie es? Mit Speck?«

»Meinetwegen, mit Speck.« Er goß sich etwas zu trinken ein. »Möchten Sie ein Glas?«

»Ich trinke nie. Ich mag keinen Wein, und Schnaps schon gar nicht.«

»Da sind Sie ja gut dran ...«

Er wußte nicht, wo er hinsollte. Er ging ins Eßzimmer, von da in den Salon, stieg dann die Treppe hinauf und legte im Schlafzimmer die Jacke ab.

Seine Freude war nicht so groß, wie er das eigentlich erwartet hätte, wenn ihm vorher jemand Jeannes Abreise angekündigt hätte. Sie blieb bestimmt mehrere Tage weg. Sie hatte versprochen, ihn telefonisch auf dem laufenden zu halten.

Das war ein ganz komisches Gefühl, so allein im Eßzimmer zu sitzen und von Alice bedient zu werden.

Ihr Gesichtsausdruck war immer noch so verschlossen. Woran dachte sie? Stellte sie sich die gleiche Frage wie er? Was kam jetzt? Sie mußte einfach gemerkt haben, was sie in ihm auslöste. Und? War ihr das gleichgültig? Hatte sie Angst?

Er verzehrte sein Essen ziemlich schnell; Alice saß gleichzeitig draußen und aß an einer Ecke des Küchentischs.

»Haben Sie Angst vor mir, Alice?«

»Warum soll ich Angst haben?«

»Ich weiß nicht. Manchmal hab ich das Gefühl, Sie gehen mir aus dem Weg. Sie reden nur mit mir, wenn es gar nicht anders geht.«

»Ich bin eben so ...«

Er hätte sie am liebsten in die Arme genommen. Aber er stemmte sich dagegen. Er setzte sich vors Fernsehgerät, während sie abtrug, das Geschirr wusch und die Küche aufräumte.

Eine Viertelstunde später klopfte sie, machte dann die Tür einen Spalt breit auf und fragte, ob er sie noch brauche.

»Dann leg ich mich jetzt hin ...«

»Ich auch.«

Er wartete, bis sie im zweiten Stock oben war, und ging dann ins Schlafzimmer hinauf. Er hatte einen Kloß im Hals. Seine Hände zitterten immer noch, während er die Kleider ablegte, den Pyjama und die Hausschuhe anzog.

Wie leer ihm das Zimmer vorkam! Er hätte nie geglaubt, daß Jeanne so viel Platz im Haus einnahm.

Er legte sich und knipste das Licht aus. Er hörte direkt über sich Alice hin und her gehen und dann, als sie sich hinlegte, das Quietschen des Bettes. Er biß die Zähne zusammen. Nein!, sagte er zu sich selber, Nein! Er wurde von einem Schwindel erfaßt. Eine Viertelstunde später machte er die Nachttischlampe an, stand auf und zog den Morgenrock über.

An der Türe blieb er zögernd stehen. Dann stieg er geräuschlos die Treppe hinauf, wie um sie nicht zu erschrecken, und drehte sachte den Türknauf. Aber es war von innen verriegelt. Er hielt den Atem an und klopfte.

»Wer ist da?« fragte sie nach längerem Schweigen.

»Ich bin's ...«

»Einen Moment.«

Als sie ihm aufmachte, war sie barfuß, und der magere Körper steckte in einem langen Nachthemd. Sie trat zur Seite, um ihn hereinzulassen.

Er nahm sie wortlos in die Arme und drückte sie an sich. Machte sie sich ein paar Sekunden lang steif? Jedenfalls wandte sie das Gesicht nicht ab, als er ihren Mund suchte. Sie blieb einfach passiv.

»Sie können das nicht verstehen, Alice.«

Sie sah ihn an, und es lag keine Verwunderung in ihrem Blick.

»Seit zwei Wochen bin ich nicht mehr ich selbst. Ich weiß weder ein noch aus ... Es ist das erste Mal, daß mir das passiert.«

»Mir ist kalt«, murmelte sie, ging zum Bett zurück und kroch unter die Decke.

»Haben Sie Angst?«

»Nein.«

Hatte er sie das nicht vorhin schon gefragt? Er wußte es nicht mehr. Er hatte fieberhaft auf diesen Augenblick gewartet, und jetzt, wo es soweit war, hatte er die Fassung verloren und wußte nicht mehr, wie er es anfangen sollte. »Ich bin kein Unmensch, Alice ...«

Sie sah ihn erstaunt an, als ob sie noch nie einen Mann gesehen hätte, der solche Umstände machte.

Er ging langsam auf das Bett zu, wie um ihr Vertrauen einzuflößen, und fuhr dann mit der Hand über ihr dunkles Haar. Seine Hand glitt weiter über das Nachthemd bis zur Schulter und über die kleinen, noch kindlichen Brüste.

Sie protestierte nicht, sie wehrte die Hand nicht ab. Aber sie fuhr zusammen, als diese Hand, die immer weiter nach unten gewandert war, ihr Geschlecht erreicht hatte.

Er hob, immer noch ganz behutsam, das Hemd in die Höhe und berührte jetzt dieses winzige Dreieck aus schwarzen Haaren.

Er hatte sich das zu sehr erträumt. Er hatte sich diesen Augenblick zu oft vorgestellt. Er wußte nicht mehr, was mit ihm los war. Er schob sich jetzt auch unter die Bettdecke, und sie lagen Wange an Wange.

»Tun Sie mir auch nicht weh?« fragte sie, als sie sein Glied auf sich fühlte.

Er merkte, daß sie Jungfrau war, und spürte, wie es ihm heiß in den Kopf stieg. Er wußte nicht, ob aus Freude oder aus Unbehagen.

Jeanne hatte ihn gewarnt, aber es war zu spät. Sie saß immer noch in ihrem Zug in Richtung Cholet, während er langsam immer tiefer eindrang und Alice dabei wie zur Beruhigung fest an sich drückte.

»In ein paar Sekunden spüren Sie nichts mehr.«

»Das brennt ...«

»Das ist gleich vorbei, Sie werden sehen.« Er mußte sich fast sofort zurückziehen, weil er kurz vor der Ejakulation war.

»Hat es Ihnen arg weh getan?«

»Nicht so sehr ...«

»Das nächste Mal ist es nur noch schön.«

Sie gab keine Antwort. Er streichelte sie zärtlich am ganzen Körper, dann ergriff er ihre Hand und behielt sie in der seinen.

Er hätte sich ihr gern anvertraut; vor allem aber hätte er gewollt, daß sie ihm von sich erzählte. Aber ihr Gesicht wie auch ihre Augen, die er ganz nahe vor sich hatte, blieben ausdruckslos. War das Schicksalsergebenheit?

»Ich hab Sie sehr lieb, Alice. Sie können das nicht verstehen. Sie sind noch zu jung.« Es bedrückte ihn, daß sie so distanziert blieb, so gleichgültig. »Empfinden Sie ein wenig Freundschaft für mich?«

Sie schwieg eine ganze Weile. »Ich weiß nicht«, kam es dann wie ein Hauch.

»Haben Sie keine Angst mehr vor mir?«

»Nein.«

»Ich will Sie jetzt schlafen lassen. Gute Nacht, Alice.« Er küßte sie, aber sie hielt die Lippen geschlossen. »Gute Nacht«, wiederholte er, während er aus dem Bett stieg. Er zog die Hausschuhe und den Morgenrock wieder an und wandte sich zur Tür. »Bis morgen ...«

Er hätte am liebsten geweint, wußte aber selbst nicht recht, warum. Er floß förmlich über vor Zärtlichkeit. Seine Leidenschaft für Alice war nicht nur sexueller

Natur, den Beweis hatte er ja eben bekommen. Am liebsten hätte er...

Was eigentlich? Sie noch fester an sich gedrückt, als er es getan hatte, als ob er sie ersticken wollte. Mit ihr verschmelzen ... In ihr verschmelzen ... Zu wissen, daß sie nur für ihn da war; glücklich, vertrauensvoll.

Er ging die zwei Treppen nach unten und schenkte sich einen Cognac ein. Er war so bewegt, daß er weiche Knie hatte. Er war ein wenig beschämt deswegen; das sah ihm gar nicht ähnlich. »Alice ...«, murmelte er, und es klang wie ein Zauberspruch.

Sie war nicht schön. Sie hatte einen unfertigen, eckigen Körper. Sie reagierte nicht auf seine Umarmungen, und sie preßte die Lippen aufeinander, wenn er sie küßte.

Er mußte ihr Vertrauen gewinnen. Er fühlte sich zugleich glücklich und unglücklich.

Es war nun endlich geschehen. Und sie hatte, als er draußen auf dem Treppenabsatz stand, den Riegel zurückgeschoben. Obwohl sie gewußt haben mußte, was er wollte. Und trotzdem diese Apathie ... Wie reimte sich das alles zusammen?

Er verstand sie nicht. Er suchte nach einer Erklärung. Sie war fügsam gewesen, mehr auch nicht ... Und nur bei dem einen, ganz leise ausgesprochenen Satz: *Tun Sie mir auch nicht weh?* hatte ihre Stimme überhaupt eine Gemütsbewegung ausgedrückt.

Er schenkte sich ein zweites Glas ein und setzte sich in einen Sessel im Salon; er hätte jetzt nicht sofort schlafen können.

Jeanne würde bei ihrer Rückkehr schnell merken, was

geschehen war. Dazu brauchte sie ihn nur anzusehen. Und? Würde sie ihm Vorwürfe machen? Oder würde sie so tun, als wisse sie von nichts?

Théos höhnisches Grinsen fiel ihm wieder ein und die Anspielungen, die er gemacht hatte, noch bevor Lecoin etwas von Alice und ihrer Ankunft gewußt hatte.

Was der Klempner aber nicht geahnt hatte: daß Lecoin sich ganz dumm und naiv verlieben würde. Nénette, die hatte es begriffen, und sie war nicht begeistert gewesen. So, als ob es zu nichts Gutem führen könne.

Er war fünfundvierzig Jahre alt. Er hatte sein ganzes Leben hart gearbeitet. Jeanne hatte ihm zwar nach besten Kräften geholfen, aber gefühlsmäßig war nie etwas zwischen ihnen gewesen.

Er war den Mädchen nachgelaufen – beinahe wie ein Wilder, wie um sich selbst etwas zu beweisen.

Aber was? Was wollte er sich beweisen?

Und nach alledem lernte er endlich die Liebe kennen, oder doch etwas, das der Liebe sehr nahekam.

Es drängte ihn, nochmals nach oben zu gehen – nicht, um Alice nochmals in die Arme zu schließen, sondern um mit ihr zu sprechen. Sie sollte verstehen lernen ... Er brauchte die Bestätigung, daß sie ihn nicht nur ertrug, wie sie den Bauer in Surgères ertragen hatte.

Wenn es erst geschehen war, hatte er sich vorgestellt, würde er außer sich sein vor Freude, würde mindestens das Vergnügen auskosten ... Es war gerade umgekehrt. Er quälte sich jetzt mehr denn je, weil alle möglichen Fragen auf ihn einstürmten.

Er hätte sich gern jemand anvertraut; wenn Jeanne da gewesen wäre, hätte er vielleicht ganz offen mit ihr geredet. Sie hatte ihn bisher immer verstanden – warum nicht bis zum Äußersten?

Er trank aus, stellte die Flasche in den Eckschrank zurück und löschte das Licht.

Im Schlafzimmer oben fühlte er sich einsamer denn je. Er war nahe daran, sich wieder anzuziehen, in den Wagen zu steigen und nach La Rochelle zu fahren, um Menschen um sich zu haben, ihre Stimmen zu hören.

Die Stille des Hauses lastete auf ihm. Er legte sich dann aber trotzdem hin und brauchte eine gute halbe Stunde, bis er einschlief.

Der nächste Morgen brachte eine Tide von mittlerer Höhe. Damit konnte die Arbeit an den Muschelbänken wieder einsetzen. Er trug seine Arbeitskleidung, als er am Morgen in die Küche kam.

Alice war dabei, ihm seinen Kaffee aufzubrühen. Das, was sich gestern abend zugetragen hatte, würde in ihrem Gesicht eine Spur hinterlassen haben, hatte er gedacht. Aber dem war nicht so. »Haben Sie gut geschlafen?« fragte er sie.

Er wagte nicht, sie zu duzen, wie er es mit allen bisherigen Hausmädchen getan hatte, von denen sie zudem noch die jüngste war.

Sie nickte. »Soll ich Eier machen?«

»Ja. Machen Sie heute mal ein paar weiche Eier.«

Er wagte nicht, sie zu küssen. Außerdem konnte man sie vom Hof her sehen, und Doudou mußte irgendwo in der Nähe des Hauses sein.

Allerdings wußte Doudou über alles Bescheid, bestimmt noch besser als Jeanne. Er war über alles und jedes auf dem laufenden – nicht nur hier im Haus, sondern auch im Dorf. Und wenn er etwas zum Ausdruck bringen wollte, dann fand er eine durchaus unmißverständliche Zeichensprache.

»Danke, Alice. Bleiben Sie doch ein wenig hier, während ich esse... Ich hab nicht viel geschlafen heute nacht, und das wird Sie wohl nicht wundern. Es gibt da was, sehen Sie, woran mir viel liegt: daß Sie von meiner Ehrlichkeit überzeugt sind. Ich versuche nicht, Sie auszunutzen. Ich hab in den letzten zwei Wochen alles versucht, um nicht mehr dran zu denken. Ich bin nach La Rochelle gefahren, war mit Frauen zusammen und hab mich betrunken – immer in der Hoffnung, daß ich nicht mehr an Sie denken muß.«

Vielleicht – aber sicher war es nicht – zeichnete sich auf ihren Lippen der Anflug eines Lächelns ab.

»Das ist alles wahr, was ich Ihnen sage. Ich bitte Sie, mir zu glauben ... und mich ein ganz klein wenig gern zu haben.«

Sie sagte nichts. Sie hatte sich nicht hingesetzt. Sie war nur zwischen Tisch und Küchentür stehengeblieben.

»Sie sind mir doch nicht böse? Bestimmt nicht?«

»Ich bin Ihnen nicht böse.« Unglücklicherweise setzte sie in einem Ton hinzu, als ob es sich um etwas ganz Alltägliches handele: »Sie sind halt ein Mann ...«

Mehr hatte sie ihm also nicht zu sagen! Ein Mann, wie dieses Schwein von Paquot... Aber hatte er sich in seinen Gesten und Gebärden nicht genauso verhalten wie der? Er war sogar noch viel weiter gegangen.

Und wenn sie nun herumerzählte, was gestern abend passiert war, dann würde er verhaftet werden und vielleicht zwei Jahre im Gefängnis sitzen.

»Ich bin nicht nur ein Mann, Alice. Ich bin ein Mann, der sich verliebt hat.« Er stand ungelenk auf, ging auf sie zu und streckte ihr die Hand entgegen. »Geben Sie mir Ihre Hand.«

Sie zögerte, gehorchte dann aber.

»Wollen wir Freunde sein?«

Eine schwer zu deutende Kopfbewegung war die einzige Antwort.

»Bis nachher. Ich gehe an meine Arbeit, an den Muschelbänken.«

Als er in den Hof kam, lud Doudou die leeren Körbe auf den einen Lkw. Lecoin setzte sich schwerfällig hinters Steuer.

5

Er arbeitete verbissen zwischen den bunt gestrichenen Pfählen der Muschelkultur. Vergebens. Er wurde Alice nicht los, sie war ihm wie unter die Haut gefahren. Es gelang ihm nicht, an etwas anderes zu denken.

Ihr intimes Beisammensein heute nacht – falls dabei überhaupt von ›intim‹ die Rede sein konnte – hatte ihn nicht kuriert. Im Gegenteil. Es war ein Gefühl der Unzufriedenheit in ihm zurückgeblieben. Er wollte mehr – wovon, das wußte er selbst nicht genau. Vielleicht so etwas wie ein völliges Verschmelzen... Etwas, das er weder bei Jeanne noch bei einer anderen Frau je kennengelernt hatte.

Seine Gedanken waren in jeder Minute bei ihr. Um die Zeit geht sie rauf und macht das Schlafzimmer, dachte er. Er wäre am liebsten dabeigewesen, hätte ihr zugesehen, jede ihrer Bewegungen verfolgt. Und er stellte sich vor, daß sie ihm dann ab und zu einen vertrauensvollen, irgendwie verschwörerischen Blick zugeworfen hätte.

Es wurde ihm plötzlich klar, daß er immer ein Einzelgänger gewesen war. Jeanne lebte und arbeitete zwar mit ihm, aber... Sie war eine Geschäftspartnerin; man konnte noch nicht einmal sagen, eine Kameradin. Im Gegenteil. Daß sie seine Gedanken erriet, das hatte er ihr immer etwas verübelt. Im Grunde war sie in seinen Augen die Lehrerin geblieben, die Schulmeisterin. Und er machte ihr sogar ihre Nachsicht zum Vorwurf. Ein handfester Krach wäre ihm lieber gewesen; da hätte er ihr alles an den Kopf werfen können, was ihn belastete.

Warum aber Alice? Warum diese Göre, die im Haus hin und her ging wie eine Fremde? Die selbst in seinen Armen noch gleichgültig und abwesend blieb?

Und was dachte sie von ihm? Dachte sie überhaupt? War sie intelligent?

Er wußte nichts von ihr, und dabei hätte er doch alles über sie wissen, sie wirklich besitzen wollen. Ganz eins sein mit ihr...

Er war fünfundvierzig, und ein ähnlicher Gedanke war ihm im ganzen Leben noch nicht gekommen. Er hätte sich auch über jeden lustig gemacht, der sich so verhalten hätte, wie er es augenblicklich tat.

Er überlegte, was er zu ihr sagen sollte, wenn er nach Hause kam. Er hatte ihr ja so viel zu sagen! Was ihn betraf – er war sicher, daß sie sich ein falsches Bild von ihm machte. Ihn für einen Mann wie andere zu halten, der nur darauf aus war, sie auszunützen, das war falsch.

Nein, er liebte sie. Schon bei diesem Wort, das nicht zu seinem Vokabular gehörte, fühlte er, wie ihm das Blut in den Kopf stieg.

Er wollte sie nicht verlieren. Sie durfte nicht weggehen, nur das nicht... Was hätte er dann tun sollen? Er wäre fähig gewesen, ihr überallhin nachzulaufen. Er wäre fähig gewesen...

Er wollte es lieber nicht im voraus wissen. Sie würde nicht weggehen; er würde sie zurückhalten. Das mußte sie begreifen.

Ein Teil der Muschelbänke stand noch unter Wasser,

und als er die vollen Körbe auf den Lkw lud, hatte er einschließlich seiner eigenen nur knapp dreißig zusammenbekommen.

Er hatte das Gefühl, daß alle ihn anstarrten – die einen mitleidig, die anderen ironisch. So etwas hatte man nicht erwartet von ihm. Er hatte immer als einer gegolten, der sich selber genug ist; eine Art einzelgängerisches Raubtier. Voller Verachtung für alles, was ihn umgab. Tja, und jetzt merkten sie, daß das nicht stimmte, daß er genauso verletzlich war wie andere auch.

Er überlegte, wie sein Vater in den fast vierzig Jahren seit dem Tod der Mutter eigentlich gelebt hatte. Außer mit Daniel und dessen Frau hatte er praktisch keinen Umgang. Obendrein machte er bei den gemeinsamen Mahlzeiten den Mund nicht auf... Er erledigte sein tägliches Pensum, stets leicht abwesend, und er hatte sich in der ganzen Zeit nie einem Menschen anvertraut.

Lecoin fuhr nach Charron, wo er nur ein paar Körbe erhielt. Er hatte auch hier das Gefühl, daß ihn alle so sonderbar ansahen.

Er wäre beinahe heimgegangen, ohne bei Mimile einzukehren, wollte aber dann doch nicht von der Tradition abweichen. Doudou folgte ihm wie immer, doch auch sein Blick schien etwas verändert.

Mimile stellte die Karaffe vor Lecoin auf den Tresen.

»Deine Frau ist also weggefahren?« fragte Théo ungeniert dazwischen.

Also hatte sie jemand am Bahnhof von La Rochelle zusammen gesehen.

»Da hast du freie Bahn, was? Da kannst du dir ja 'ne schöne Zeit machen.«

Sie sahen ihn alle an. Sie nahmen ihn auf die Schippe, aber sie hatten dabei die Hosen voll. Sie wußten, wie furchtbar seine Wutausbrüche waren.

Er wußte es auch. Er war vor sich selbst auf der Hut. Dem angespannt und sprungbereit dastehenden Doudou bedeutete er, ruhig zu sein. Er selber stand ebenfalls unbeweglich da, hatte die Hände zu Fäusten geballt und sah Théo unverwandt in die Augen.

»Also weißt du«, murmelte der schließlich unsicher, »ich hab ja nur gemeint...«

»Wenn du weißt, was gut für dich ist, dann hältst du jetzt die Klappe.« Lecoin sah dabei so bedrohlich aus, und seine Selbstbeherrschung war offensichtlich so strapaziert, daß die Worte ihre Wirkung nicht verfehlten.

»Na ja, geht mich schließlich ja nichts an, *patron*«, lenkte der Klempner ein. »Jeder amüsiert sich eben, so gut er kann.«

Man hätte meinen können, sie wüßten alle, was letzte Nacht geschehen war, und er nahm ihnen das pauschal übel. Er nahm dem ganzen Dorf übel, daß seine Liebe in den Dreck gezogen wurde.

»Ach, hör doch nicht auf ihn!« Mimile beugte sich über den Tresen. »Ein blöder Hund ist das«, sagte er halblaut. »Nicht ernstzunehmen...«

»Auch ein blöder Hund kriegt eins in die Fresse, wenn er zuviel bellt...« Er trank seinen Wein und wurde äußerlich etwas ruhiger, wenn auch innerlich bereit, beim kleinsten Anlaß zu reagieren.

Alice rührte mit dem Kochlöffel in der Kasserolle, als er nach Hause kam.

»Ist es schon halb eins?« fragte sie verwundert.

»Nein. Zehn nach zwölf. Sie haben genug Zeit. Sagen Sie, was kochen Sie da?«

»Lammragout.«

»Du kannst also kochen.« Da er sie versehentlich geduzt hatte, blieb er auch dabei. Immerhin ein kleiner Fortschritt in ihren Beziehungen.

»Ein wenig.«

»Weißt du, Alice ...«

Sie hatte sich zu ihm umgewandt. Sie wartete ab, was kommen würde.

Er hatte alles mögliche sagen wollen, und jetzt fehlten ihm die Worte. »Es ist mir ernst ... Ich meine, was ich für dich empfinde. Und wenn du gestern abend vielleicht gedacht hast, daß ich ein Rohling bin, ein Vieh ...«

Sie schüttelte den Kopf.

»Ich möchte so gern, daß du mich verstehst. Komm, gib mir einen Kuß, ja?«

Sie kam mit dem Kochlöffel in der Hand auf ihn zu und streckte ihm ihr Gesicht hin, ließ die Lippen aber geschlossen.

»Du bleibst hier, ja?«

»Wenn Sie und Madame mich behalten ...«

»Madame hat überhaupt keinen Grund, dich nicht zu behalten. Es ist nichts zwischen ihr und mir.«

»Sie ist Ihre Frau.«

»Auf dem Papier, ja. Wir leben im gleichen Haus und wir schlafen im gleichen Zimmer, aber wir haben nichts miteinander.«

Sie ging wieder zu ihrem Ragout zurück, und er merkte, daß er es falsch angefangen hatte. Ob ihr bisher überhaupt jemand wirklich Interesse entgegengebracht und versucht hatte, sie zu verstehen? Und war es da nicht normal, daß sie von Lecoin dachte, er sei nur auf sein Vergnügen aus?

»Tut es noch weh?«

»Ein wenig.«

»Das geht schnell vorüber. Jetzt bist du eine Frau.«

Im Büro klingelte das Telefon; er ging hinüber und nahm ab.

»Ich bin's, Jeanne«, tönte es ihm entgegen.

»Ja ... Wie geht's deiner Schwester?«

»Sehr schlecht. Es gibt nichts mehr, was sie retten oder ein wenig länger am Leben halten könnte. Sie bekommt soviel Morphium, wie sie will.«

»Weiß sie, was mit ihr los ist?«

»Sie ist ganz klar, und sie weiß Bescheid. Sie hofft nur, daß es nicht allzu lang dauert; daß sie ohne zu große Leiden gehen kann ... ›Was mich quält‹, hat sie heute morgen noch zu mir gesagt, ›ist der Gedanke, was aus meinem armen Mann werden soll. Sein ganzes Leben lang ist er noch nicht allein gewesen ...‹ Jeanine ist jetzt aus Paris gekommen, ihre Tochter. Wir sind hier eher zu viele, wo sie doch nur ein winziges Krankenhauszimmer hat ... Und heut morgen hab ich auf dem Gang mit dem behandelnden Arzt gesprochen.«

»Was hat er gesagt?«

»Daß es noch drei oder vier Tage dauert, höchstens eine Woche. Wenn sie den Patienten Morphium geben, soviel sie wollen, dann bedeutet das offenbar, daß es zu Ende geht.«

Jeannes Stimme klang matt.

»Hast du schlafen können?«

»Nein. Heute nacht bin ich bei ihr geblieben; Bernard konnte nicht mehr. Er sieht um zehn Jahre gealtert aus, seit ich ihn das letzte Mal gesehen habe ... Und du?« erkundigte sie sich nach einer Pause.

»Alles beim alten. Heut morgen bin ich an die Muschelbänke zurück.«

»Sorgt Alice für dich?«

»Ja.«

»Was kocht sie dir heute?«

»Lammragout.«

»Du wirst in den nächsten Tagen zur Beerdigung kommen müssen. Ich sage das nicht gern so deutlich, aber man muß den Dingen ja ins Auge sehen.«

»Ich komme selbstverständlich.«

»Also, ich halt dich auf dem laufenden. Und gib acht auf dich ...«

Er ging ins Eßzimmer zurück; das Gedeck war aufgelegt, und Alice trug ihm anschließend auf.

»Das war Madame ... Ihre Schwester liegt im Sterben. Ich werde dieser Tage irgendwann nach Cholet müssen, zur Beerdigung. Ich fahre frühmorgens mit dem Wagen hin und bin abends wieder zurück.«

»Hat Madame nichts gesagt?«

»In welchem Zusammenhang?«

»Weil wir hier allein sind im Haus.«

»Das macht ihr nichts aus. Sie ist nicht eifersüchtig, ich hab's dir ja schon gesagt.« Er tätschelte ihr liebevoll den Po, während sie ihm vorlegte, und sie ließ es sich gefallen.

Trotzdem beschäftigte er sich jetzt in Gedanken mit

Jeannes Rückkehr, die früher oder später bevorstand. Es stimmte zwar, daß Jeanne nicht eifersüchtig war, aber würde er es wagen, in ihrer Anwesenheit nach oben zu Alice zu gehen? Er würde gezwungen sein, so zu tun, als sei nichts geschehen, und auf die Nachmittage zu warten, an denen sie in La Rochelle Besorgungen machte.

Doudou fuhr mit ihm zum Bahnhof, sobald die Muscheln gewaschen und aufgeladen waren, und sie erledigten die üblichen Formalitäten. Auf dem Rückweg hätte Lecoin beinahe bei Nénette gehalten – nicht etwa wie sonst, nein. Im Gegenteil; um ihr triumphierend mitzuteilen, daß er keine Mädchen mehr nötig hatte.

Triumphierend ... Er versuchte sich einzureden, daß es dazu einen Grund gab. Er mußte sich immer von neuem sagen, daß er glücklich war, während er sich in Wirklichkeit noch nie im Leben soviel Sorgen gemacht hatte ... Er wollte sie nicht verlieren. Er wollte auch nicht das kleinste Stückchen ihrer armseligen Zweisamkeit verlieren.

›Chez Mimile‹ hielt er dann doch; es war die Zeit der Manille-Spieler. Doktor Bourseau war da, wie üblich mit leicht geröteten Augen. Sein rötlicher Spitzbart war mittlerweile von weißen Fäden durchzogen. Wie alt mochte er sein? Victor hatte das Gefühl, er habe immer schon so ausgesehen wie jetzt. Er hatte ihn bereits als Kind behandelt, und vorher schon seine Mutter.

Damals hatte Doktor Bourseau noch nicht getrunken, und es war selten gewesen, daß er bei Mimile gesessen und Karten gespielt hatte. Sein Patientenkreis hatte sich über drei Dörfer – Nieul, Marsilly und Esnandes – erstreckt, und manchmal war er wochenlang fast jede

Nacht zu einem Kranken gerufen worden oder einer Entbindung. Vor fünf oder sechs Jahren hatte er seine Frau verloren und war mit einer etwa fünfzigjährigen Haushälterin allein geblieben. Sie hatte ihn immer schon angebetet, und jetzt schlief sie im Ehebett.

Er trank viel zu viel. Manche trauten ihm nicht und gingen in La Rochelle zum Arzt, weil seine Hände zitterten. Er hatte immer eine schlaff herabhängende und meist erloschene Zigarette im Mundwinkel, und dadurch hatte sich im Barthaar ein kleiner bräunlicher Kreis gebildet.

»Was gibt's Neues, Victor?«

»Nichts weiter. Meine Frau ist in Cholet.«

»Ich hab's eben gehört. Sieht so aus, als ob's mit ihrer Schwester zu Ende geht?«

»Ja. Sie hat mich heut mittag angerufen. Es kann jeden Augenblick soweit sein.«

»Krebs, nicht wahr?«

»Ja.«

»Kommst du klar?«

»Ja.« Er sagte nichts von Alice, aber das war in der Antwort inbegriffen.

Als er nach Hause kam, nähte Alice den Saum einer Kittelschürze um, die zu lang war.

»Hast du dich nicht gelangweilt?«

»Warum sollte ich mich langweilen?«

»Hast du auch ein wenig an mich gedacht?«

»Ich weiß nicht. Ich hab gearbeitet.«

»Sollen wir nicht nach oben, wir beide?«

»Nicht jetzt. Ich muß aufs Abendessen aufpassen.«

Immerhin, ein Fortschritt. Statt wie früher nur ja oder nein zu sagen, machte sie ganze Sätze, und sie sah Lecoin ins Gesicht – ruhig, ohne Angst und ohne Befangenheit.

»Ich bin gleich wieder da«, sagte er. »Ich will nur die Stiefel und den Pullover ausziehen.«

Zum Abendessen gab es drei gegrillte Heringe. Er war gerade mit dem Essen fertig, als das Telefon schellte. Wieder war Jeanne am Apparat.

»Sie ist tot, Victor.« Ihre Stimme war noch gedämpfter als am Vormittag. »Im Grund bin ich froh für sie; sie hat so sehr gelitten ... Sie hat gebetet, daß sie so bald wie möglich erlöst wird.«

»Warst du bei ihr?«

»Ja. Gott sei Dank war Bernard nicht mit dabei. Wir hatten ihm zugeredet, daheim einen kurzen Mittagsschlaf zu halten; er war völlig am Ende.«

»Hat sie noch was gesagt?«

»Sie hat die Lippen bewegt, aber keinen Ton herausgebracht. Und sie hat nach meiner Hand gegriffen, eigenartigerweise, nicht nach den Händen ihrer Töchter, die doch auch da waren. Sie schien sich regelrecht festzuklammern an meiner Hand ... Die Beerdigung ist am Donnerstag um zehn. Kommst du?«

»Ja, sicher.«

»Ich fahre dann wahrscheinlich mit dir zurück.«

»Ich bin mit dem Wagen da.«

»Ich sag dir gleich Gute Nacht ... Mir ist jetzt nicht danach zumute, lange zu reden. Hortense war meine Lieblingsschwester.«

Für ihn war das alles weit entfernt, fast irreal. Was sich

ihm einprägte, war die Tatsache, daß er nur noch drei Tage mit Alice allein war.

Er wartete wie am gestrigen Abend, bis sie fertig abgewaschen und die Küche aufgeräumt hatte. Dann stieg er hinter ihr die Treppe hinauf und hielt im ersten Stock an. »Alice ...«

»Ja?«

»Du könntest doch eigentlich hier schlafen, was meinst du?«

»Nein. Nicht im Zimmer von Madame.«

»Es ist doch auch mein Zimmer.«

»Das ist nicht das gleiche ...«

»Also, wie du willst. Ich komme gleich nach.«

Er duschte und zog seinen Pyjama und den Morgenrock an. Er war immer noch so unruhig. So, als könnte er nicht recht daran glauben, daß sich das alles wirklich und wahrhaftig zutrug. Einen Stock höher war das Plätschern von Wasser zu hören. Wahrscheinlich wusch sie sich ebenfalls, da in der Waschschüssel. So hatte seine Mutter ihn gewaschen, als er noch ein kleiner Junge war.

Er wollte nicht zu schnell oben sein und drehte sich eine Zigarette. Er bemühte sich, nicht an die Zukunft zu denken, die wie zugemauert war.

Aber... Warum sollte er nicht mit Alice weggehen? Er würde Jeanne genügend Geld für ihren Lebensunterhalt dalassen. Er würde die Ländereien verkaufen und ihr das Haus und die Muschelbänke überlassen. Er würde sogar Doudou in ihre Obhut geben. Er schämte sich, den Stummen so im Stich zu lassen, aber es war so gut wie unmöglich, ihn zu verpflanzen.

Und wo sollte er hin? Er hatte keine Ahnung.

Jedenfalls nicht nach Paris; dort könnte er nicht dieses Gefühl der Zweisamkeit mit Alice haben... In den Süden vielleicht? Er konnte im Landesinneren ein Haus kaufen und ein kleines Stück Land.

Er wußte, daß sich das niemals verwirklichen lassen würde; so einfach ging es nicht. Das hätte ja bedeutet, daß er von einem Tag auf den anderen ein ganz anderer Mensch werden müßte – mit anderen Gebärden, anderen Worten und anderen Bindungen. Er war nun mal hier, und er würde wahrscheinlich unfähig sein, woanders zu leben... Er drückte die Zigarette aus und ging nach oben.

Sie stand im Nachthemd vor einem kleinen Spiegel in einem Bambusrahmen und fuhr sich mit dem Kamm durchs Haar. Er sah ihr zu; er konnte es nicht erwarten, sie an sich zu drücken. Sie ihrerseits sah ihn im Spiegel, und er hatte das gleiche Gefühl wie schon einmal – daß sie ihm zuzulächeln versuchte.

Als sie den Kamm hinlegte, nahm er sie in die Arme, hob sie hoch und setzte sie vor dem Bett ab. «Zieh dein Hemd aus, ja?«

»Nicht im Hellen...«

»Ich mach das Licht aus. Zieh du das Hemd aus und leg dich hin...« Er ging zur Tür und drehte den Schalter aus.

Der Mond war zwar verdeckt, aber es fiel trotzdem schwaches Licht in die Mansarde.

Er hatte seinen Pyjama ausgezogen. Er war ebenfalls nackt, und er legte sich zu ihr. »Endlich!« seufzte er auf. Er hatte den ganzen Tag auf diesen Augenblick gewartet. »Hast du noch Angst?«

»Nein. Oder vielleicht nur ein bißchen.«

»Ich tu dir nicht mehr weh. Du mußt dich nur gehen lassen.« Er fuhr ihr langsam und liebkosend über den Körper. Sie war sehr dürr, aber das war ihm egal. Als seine Augen sich an das Dämmerlicht gewöhnt hatten, konnte er undeutlich ihr Gesicht erkennen und versuchte, ihren Gesichtsausdruck zu erraten. »Du bist doch nicht unglücklich, oder?«

»Nein.«

»Dann mach ich dich vielleicht glücklich?«

»Ich weiß nicht.«

Sie hatte jedenfalls die Absicht, nett zu ihm zu sein. Sie streichelte ihn schüchtern, ohne daß er sie dazu ermuntert hätte.

»Ich erwarte gar nicht, daß du mich so liebst wie ich dich, weißt du ... Ich möchte nur, daß du mich ein wenig gern hast. Verstehst du? Und daß du zuallererst begreifst, daß ich dein Freund bin.«

»Ja.« Es kam sehr leise.

»Glaubst du, daß das geht?«

»Ich weiß nicht.« Wieder die gleiche Antwort. Doch jetzt lief ihr bei seinen Liebkosungen ein Zittern durch den Körper.

»Laß dich einfach völlig gehen, entspanne dich ...« Er hatte gemerkt, daß sie sich schon wieder verkrampfen wollte. »Ich möchte immer bei dir bleiben, Tag und Nacht.« Im Halbdunkel sah er, daß sie die Augen offen hatte und starr zur Decke schaute. Er versuchte noch eine ganze Weile, ihre Zärtlichkeit und Hingabe zu wecken, und sie gab langsam nach.

Dann, als er in sie eindrang, hatte sie noch einmal kurz

Angst. Aber er tat es so sanft, daß sie sich wieder entspannte. Er blieb bewegungslos in ihr und streichelte ihr Haar. »Ich liebe dich, Alice.« Das hatte er noch zu keiner Frau gesagt. »Ich möchte so sehr, daß du glücklich bist . . .«

Wieder überlief sie ein Zittern; es war, als ob ihr Körper ganz langsam erwachte. Er gab sich Mühe, stillzuhalten und zu warten. Er drang noch ein wenig weiter in sie ein und bewegte sich erst, als er das Gefühl hatte, daß sie soweit war.

Ihre Hand umklammerte fast fieberhaft seinen Arm. Er wußte, was das bedeutete, und er wollte unbedingt durchhalten bis zum Schluß.

Sie stieß schließlich einen erstickten Schrei aus, ihr Körper wurde starr und sank dann gelöst in seine Arme zurück.

»Das hat dir nicht weh getan, nicht wahr?«

»Nein.«

Er küßte sie auf den Mund, und sie öffnete zum ersten Mal die Lippen. Da erst zog er sich aus ihr zurück.

Er hatte Alice die Hand auf den Bauch gelegt und blieb ausgestreckt auf dem Rücken liegen. Er redete wie zu sich selbst, ließ manchmal eine lange Pause entstehen, und dann hörten beide den Herzschlag des anderen.

»Weißt du, auch ich hab's schwer gehabt in meiner Jugend. Und ich bin sehr arm gewesen.«

Er erzählte in Bruchstücken aus seinem Leben, was er bisher noch nie getan hatte.

»Ich war gerade fünf, als meine Mutter gestorben ist, gleich nach der Geburt meines Bruders Daniel. Mein

Vater war Knecht auf einem Bauernhof. Er konnte uns nicht bei sich behalten, und so hat er uns in Pflege gegeben, zu einer alten Frau in Marsilly, die von allen nur ›die Tati‹ genannt wurde ... Damals ist sie mir alt vorgekommen, aber sie wird wohl nicht mehr als sechzig gewesen sein. Sie hat ein winziges Häuschen bewohnt, das letzte in einer Gasse, die es heute nicht mehr gibt; die ganze Ecke ist abgebrannt ... Wahrscheinlich war die Tati auch nicht schlechter als jede andere. Mir aber war sie verhaßt, und ich hab behauptet, sie stinkt ... Sonntags hat mein Vater uns besucht, in dem schönen schwarzen Anzug, den er bei seiner Hochzeit getragen hat ...«

Er hatte die Tati wieder vor sich. Sie kam ein wenig auf Jeanne hinaus, nur zwanzig Jahre älter. Beide waren sie breit und robust, mit blassem Teint und kräftigen Händen.

Bis vor wenigen Tagen waren das die einzigen Frauen gewesen, die in seinem Leben eine Rolle gespielt hatten, und es war das erste Mal, daß er zwischen ihnen eine Verbindung herstellte. Er suchte nach einem Ausdruck, der zu beiden paßte und sie gleichzeitig charakterisierte. Streng? Hart? Nüchtern? Ja, etwas in der Richtung.

Die Tati war damals seit kurzem verwitwet gewesen. Sie hatte mittellos dagestanden und daher die beiden Kinder in Pflege genommen. Außerdem hatte sie für andere Frauen in der Gemeinde kleinere Näharbeiten erledigt. Sie hatte als knauserig gegolten, und tatsächlich war das Essen immer sehr knapp bemessen gewesen. Und dann die Kleidung ...

»Was wir auf dem Leib hatten, das hat sie aus den abgelegten Sachen der Nachbarn oder den Anzügen ihres verstorbenen Mannes zurechtgeschneidert. Etwas Neues hab ich mir erst leisten können, als ich selber was verdiente... Sicher, heute begreife ich, daß sie wenig für uns bekam und daß es gar nicht anders ging. – Ja, und in der Schule... Ich war der Größte und Stärkste, gleichzeitig aber auch am ärmsten dran. Ich war zwar nicht der schlechteste, aber ein guter Schüler auch wieder nicht. Und sobald die Schule aus war, bin ich Kühe hüten gegangen, um mir ein bißchen was zu verdienen.«

Hörte sie ihm zu? Langweilte er sie, wenn er so aus seinem Leben erzählte? Und doch war es besser, sie wußte darüber Bescheid, damit sie sich keine falsche Vorstellung von ihm machte.

Er machte sein Schicksal nicht schlimmer, als es war. Es stimmte alles, was er sagte.

»Im Sommer hab ich zugeschaut, wie die anderen Eis gegessen haben. Und wenn mir jemand eins spendieren wollte, dann hab ich gesagt, daß ich kein Eis mag... Sag mal, und du? Warst du eine gute Schülerin?«

»Ja, ziemlich.«

»Hast du dein Abgangszeugnis?«

»Ja.«

»Ich nicht. Mein Bruder Daniel, der hat es. Ich bin mit dreizehn von der Schule und hab auf einem Bauernhof angefangen. Da haben sie mir gleich Männerarbeit zugeteilt. Na ja, sie haben mich nicht gekannt und gedacht, ich sei sechzehn oder siebzehn... Ich hatte damals schon beschlossen, daß ich reich werden wollte, ohne eine genauere Vorstellung davon zu haben. Vielleicht dachte ich an den alten Herrn, der in diesem Haus hier gewohnt hat. Ich fand das Haus sehr schön. Ich hab ihn oft gesehen, wie er am Fenster saß und in einem dikken Buch las ... Dann war da noch der Bauer, für den ich gearbeitet habe. Der Hof gehörte einem Anwalt in La Rochelle, und da ging jeden Monat jemand hin und brachte ihm den Pachtzins. Der Hof hieß *Les Quatre Vents*, und heute gehört er mir. Ich hab dort meinen Bruder untergebracht. Letzten Sonntag, als du am Meer entlanggegangen bist, warst du ganz in der Nähe. Es ist der letzte Hof vor Esnandes.«

»Der gehört dir?« fragte sie, und jetzt wußte er, daß sie ihm zuhörte.

»Ja. Ich hab auch noch mehr Land. In Charron zum Beispiel hab ich es an einen Metzger verpachtet, der dort Vieh mästet.«

Ihre Körper lagen warm und gleichsam vertrauensvoll beieinander.

»Mein Bauer hatte eine alte Brieftasche, die steckte in der hinteren Hosentasche. Und wenn er irgendwo etwas zu bezahlen hatte, dann wurde immer ein dickes Bündel Banknoten sichtbar... Vielleicht hängt es auch damit zusammen, daß ich mir keine neue Brieftasche zulege, obwohl die alte so abgenutzt ist. Für mich ist das eine Beruhigung, viel Geld in der Tasche zu haben und zu wissen, daß auch welches im Haus ist. Geld auf der Bank zu haben, das ist nicht das gleiche.«

Mit fünfzehn war er schon den Mädchen nachgelaufen, aber davon sagte er ihr nichts. Nicht etwa, um es ihr zu verheimlichen, sondern einfach, weil er nicht auf die Idee kam. Er hatte mit Frauen geschlafen, an die er sich nicht einmal mehr erinnerte. Er maß dem keine Bedeutung bei. Er hatte sein Vergnügen, und dann vergaß er das Ganze.

Oder brauchte er das, wenn er so sehr dahinter her war, um sein Selbstvertrauen zu stärken?

»Ich hab fast meinen ganzen Lohn auf die Seite gelegt, und ich bin nie ins Bistro ... Dann, als ich zweiundzwanzig war, ist Hector Muflin, der Pächter auf der *Ferme des Quatre Vents*, von einem auskeilenden Pferd getroffen worden und gestorben. Seine Frau mit ihren drei Kindern konnte den Hof nicht weiter bewirtschaften. Und da bin ich zu dem Anwalt in La Rochelle gegangen.

›Ich hab schon viel Gutes von Ihnen gehört‹, hat er mich begrüßt, ›und kräftig sind Sie auch. Sind Sie verheiratet?‹

›Noch nicht ...‹

Er wollte dann wissen, ob ich vorhabe, bald zu heiraten.

›Wenn ich die Frau gefunden habe‹, hab ich geantwortet.

Da hat er gelacht und gemeint, ich soll mir in zwei Tagen seine Antwort abholen. Ach so, ja – ich hatte ihm gesagt, daß ich Hectors Frau und die Kinder bis zu meiner Heirat dabehalten wollte ... Er hat akzeptiert, und ich hab's dann auch so gemacht. War die häßlich, die Frau von Hector! Und geschielt hat sie auch. Aber tüchtig war sie; sie hat gearbeitet wie ein Pferd. Ich hab mich gut mit ihr verstanden. Damals hat's noch nicht soviel Maschinen gegeben wie heute, und die Arbeit war viel mühsamer. Da hat man Tagelöhner gebraucht, man mußte auch im Winter um halb fünf aufstehen, die Kühe von

Hand melken und rechtzeitig die Kannen für die Molkerei bereitstellen ... Hectors Frau wollte dann von mir wissen, ob ich noch länger ledig bleibe.

›Ich weiß nicht‹, hab ich gesagt. ›Kommt drauf an.‹

Bald darauf bin ich der Lehrerin von Nieul-sur-Mer begegnet, die ich bis dahin nur mal von weitem gesehen hatte. Das war auf einem Wohltätigkeitsfest. Sie war schwarz angezogen und hat sehr gediegen und adrett ausgesehen. Eher wie eine aus der Stadt als eine vom Land ... Schön war sie nicht, und man konnte sie auch nicht als hübsch bezeichnen. Aber sie machte einen netten Eindruck, und sie flößte einem Vertrauen ein ... Wir haben zusammen getanzt und sind dann frische Luft schnappen gegangen, weil es sehr heiß war.

›Sie sind aus La Rochelle?‹

›Nein. Aus Bressuire, im Bezirk Deux-Sèvres.‹

›Ah, da war ich schon ... Sagen Sie, würde Ihnen das Spaß machen, für dauernd auf dem Land zu leben?‹

›Als Lehrerin?‹

›Nein. Auf einem Bauernhof.‹

Ich hatte mich bereits entschieden, ich weiß auch nicht, wie es kam.«

Lecoin lächelte im Halbdunkel vor sich hin.

»Ich hab ihr nicht gleich etwas davon gesagt, aber nach einem Monat hab ich sie gefragt, ob sie meine Frau werden will. Sie war drei Jahre älter als ich, aber das war mir egal.«

»Haben Sie sie geliebt?« fragte Alice behutsam.

»Nein. Damals war mir das nicht klar, aber heute weiß ich es. Sie hat mich beeindruckt, weil sie gebildet war und so städtisch ... Neben ihr bin ich mir bäurisch vorgekommen. Ich war ihr dankbar, als sie mir nach ein oder zwei Wochen gesagt hat, daß sie einwilligt ... Ich mußte mich dann in Bressuire ihrer Familie vorstellen. Und dort hat auch die Hochzeit stattgefunden. Ich mußte schon am gleichen Tag zurück, wegen der Arbeiten auf dem Hof ... Ich hatte vor, Hectors Frau noch eine Weile dazubehalten, um Jeanne Zeit zum Eingewöhnen zu geben. Aber sie hat sich sofort an die Arbeit gemacht. Ich war selbst ganz überrascht ...«

Wieder entstand eine Pause.

»Man hätte meinen können«, nahm er seinen Bericht wieder auf, »sie hätte ihr Lebtag Kühe gemolken ... Sie hat mit der Mistgabel hantiert wie ein Mann und tapfer die Karren voller Mist vor sich hergeschoben.«

Er war stolz auf sie, wie er auf sein Vieh und seine Felder stolz war – auf alles, was in seinen Lebensbereich gehörte. – Er hatte diese Zeit noch sehr genau in Erinnerung; das alles erschien ihm wie gestern, und er fand es unglaublich, daß seither so viele Jahre vergangen waren. Er war ein Mann in reifem Alter geworden, und in den Augen der Jungen würde er bald ein alter Mann sein..

Und dabei hatte er noch kaum gelebt.

»Mein Bruder hat es als Vertreter für landwirtschaftliche Produkte versucht. In Wirklichkeit aber hat er mit seinen sogenannten Kunden mehr Zeit in den Kneipen vertan, als wirklich von Hof zu Hof zu gehen. Er war dann als Büroangestellter in La Rochelle, ist aber nur zwei Monate geblieben; da, hat er gesagt, erstickt er. – Ich weiß nicht, wieviele Berufe er sonst noch ausprobiert hat. – Ich hab dann meinen Vater auf den Hof geholt, der trotz seines Alters soviel geleistet hat wie ein kräftiger Knecht. Übrigens, die Frau von Hector war zu Verwandten in die Gegend von Rochefort gezogen. Ich hab sie zwei- oder dreimal getroffen seitdem. Sie ist stark gealtert.«

Am liebsten hätte er ihr alles, auch die kleinsten Einzelheiten erzählt, damit sie an seinem Leben ein wenig teilhatte. Aber er wollte sie nicht dadurch langweilen, daß er nur von sich redete.

»Und jetzt zum Wichtigsten. Ich hatte gedacht, eine Frau geheiratet zu haben, und in den ersten vier Wochen hab ich mir gesagt, sie wird das schon nach und nach werden, eine richtige Frau ... Aber dann hab ich einsehen müssen, daß sie frigide ist.«

»Frigide? Was bedeutet das?«

»Das bedeutet, daß die Liebe ihr überhaupt keinen Spaß machte. Im Gegenteil, sie hat nur Abscheu empfunden. Und damals hab ich angefangen, ab und zu nach La Rochelle zu gehen, zu den Mädchen.«

»Und deswegen lieben Sie sie auch nicht mehr?« fragte sie.

»Nein, deswegen nicht. Im Grunde hab ich sie nie richtig geliebt. Sie hat mir gefallen. Ich hatte sie gern um mich. Sie hat ihren Anteil an der Arbeit übernommen, und sie hat es gut gemacht. Und sie hat nicht versucht, mir meine Freiheit zu nehmen.«

»Also ist sie nicht eifersüchtig?«

»Überhaupt nicht.«

»Letzte Woche, da ...«, fing sie an, brach aber ab.

»Sag's nur«, ermunterte er sie.

»Als Sie letzte Woche nach Haus gekommen sind, da waren Sie zweimal ein wenig ... ein wenig ...«

»Betrunken. Du kannst die Dinge ruhig beim Namen nennen.«

»Waren Sie da zu ... zu den Mädchen gegangen, wie Sie das genannt haben?«

»Ja. Deinetwegen.«

»Wieso – meinetwegen?«

»Ich hatte unbändig Lust, dich in die Arme zu nehmen, an mich zu drücken. Ich bin um dich herumgestrichen, und ich hab den ganzen Tag an dich gedacht. Dann hab ich eben versucht, mich abzulenken. Aber es hat nicht hingehauen.«

»Ihre Frau mußte erst wegfahren ...«, murmelte sie.

»Weil ich dich nicht klammheimlich nehmen wollte.«

»Ja, ich glaub, das versteh ich. Und wenn sie wieder zurück ist?«

»Dann ... Also, ich geb ihr natürlich nicht vorher Bescheid, daß ich zu dir nach oben gehe. Außerdem ahnt sie es sowieso. Sie hat sofort kapiert, daß ich dich liebe, vielleicht noch vor mir. Und du?«

»Ich hab gedacht, daß Sie mich streicheln wollen, mich anfassen. Und vielleicht noch mehr.«

Sie schwiegen. Nach und nach begannen sie heftiger zu atmen; kurz darauf drang er in sie ein. Er hatte noch nie gemerkt, was für eine fast feierliche Handlung das war, und er vollzog sie ganz langsam. Er versuchte, ihr an den Augen abzulesen, was sie empfand.

Diesmal stöhnte sie fast unmittelbar auf, dumpf und anhaltend. Jetzt bereitete es ihr Genuß.

»Muß ich Angst haben, ein Kind zu kriegen?« fragte sie hinterher.

»Nein. Ich gebe acht.«

Sie reagierte nur mit einem »Ach so!«; tatsächlich jedoch wußte sie wohl nicht, was das bedeutete.

»Es ist schon spät, meinen Sie nicht auch?«

»Ich weiß nicht, wie spät es ist, aber du hast recht. Du brauchst deinen Schlaf.« Er küßte sie lange und voller Leidenschaft. Gleichzeitig aber auch voller Dankbarkeit. »Du kannst dir das nicht vorstellen ... Wie wichtig das ist, was du mir gibst.«

Er ging hinaus, ohne Licht anzumachen, und auf der Treppe hörte er, wie sie hinter ihm den Riegel vorschob.

Wie am Abend zuvor ging er ins Erdgeschoß hinunter und schenkte sich einen Cognac ein. Er machte im Salon Licht und setzte sich auch wieder eine Weile in einen Sessel.

Der Abend war so erfüllt gewesen, daß er das Bedürfnis hatte, ihn in Gedanken nochmals auszukosten. Was er da bruchstück- und fetzenweise erzählt hatte, das war wie eine Zusammenfassung seines Lebens ... Er hatte noch nie jemand etwas aus seinem Leben anvertraut, und er dachte auch nur selten an Vergangenes. Es lag ihm aber daran, daß Alice Bescheid wußte, damit sie sich in bezug auf ihn keine Illusionen machte.

Er hatte reich werden wollen; reich jedenfalls verglichen mit den Leuten von Marsilly und Esnandes. Das hatte er erreicht, indem er zu sich selbst wie zu den anderen hart und unnachgiebig war. Aber er mußte sich auch für seine Jugend schadlos halten.

Er hatte dann seinen Bruder aufnehmen müssen, dem es sonst wohl recht übel ergangen wäre. Und vor fünfzehn Jahren hatte er auch noch den Stummen zu sich genommen.

Der Stumme wiederum hatte für Lecoin eine bedingungslose Zuneigung entwickelt, die eher etwas von der Anhänglichkeit eines großen Hundes hatte als von einem menschlichen Gefühl. Er folgte ihm barfuß überall hin und erriet, was Lecoin gerade machte, auch wenn er nicht bei ihm war.

Der Stumme verfügte über einen fast rätselhaften Instinkt. Fast immer kam er den Wünschen seines Herrn zuvor. Dann erschien ein glückseliges Lächeln auf seinem Gesicht, und sein Mund wurde noch breiter, als er ohnehin schon war. ›Hab ich dich wieder drangekriegt‹, schien er damit sagen zu wollen. Aber er neigte auch zu heftigen, gewalttätigen Reaktionen und zu blinder Wut; das hatte er erst kürzlich wieder bewiesen, als er sich auf den Klempner stürzen wollte. Er war sich seiner Stärke nicht bewußt, und er hatte vor allem keine Vorstellung von der Kraft seiner großen, knorrigen Hände, die an die Pranken eines Gorillas erinnerten.

Er setzte nur selten einen Fuß ins Haus und betrat dann höchstens die Küche, um dort auftragsgemäß etwas abzugeben – Austern, oder was auch sonst immer.

Jeanne existierte nicht für ihn; sie hatte in seiner eng begrenzten Welt keinen Platz. Vielleicht hatte er begriffen, daß sie nicht wirklich Lecoins Frau war, und hielt sie für eine Art Büroangestellte?

Und wie stellte er sich jetzt zu Alice und den Gefühlen, die Lecoin ihr gegenüber hatte? Denn die hatte er zweifellos erraten, und Lecoin überlegte, ob er nicht eifersüchtig auf sie war... Aber der Stumme war wie eine Mauer; man kam nicht dahinter, was in ihm vorging.

All das hatte er Alice gegenüber nicht erwähnt. Er hatte keine Zeit gehabt dazu. Der heutige Abend hatte in ihm ein wohliges Gefühl von Wärme und Geborgenheit hinterlassen. Er fand, daß er einen wichtigen Schritt gemacht, daß er endlich ihr Zutrauen gewonnen hatte... Sie hatte gesprochen, etwas gesagt und sogar zwei oder drei Fragen gestellt. Schließlich und endlich waren auch ihre Sinne erwacht, und die Liebe war ihr nicht mehr als lästige Pflicht erschienen.

Was ihr zu schaffen machte – und ihm übrigens auch –, war die Tatsache, daß er am Donnerstag gleich nach der Beerdigung mit Jeanne hierher zurückkommen würde. Er wollte lieber nicht zuviel darüber nachdenken, um sich dieses Glücksgefühl nicht zu verderben, aber die Angelegenheit saß als schwerwiegendes Problem in seinem Hinterkopf. Er schenkte sich ein zweites Glas ein.

Sie schlief wohl schon da oben... Er wäre gern die Nacht über bei ihr geblieben und hoffte, daß sie irgendwann damit einverstanden sein würde. Er ging schließlich ins Schlafzimmer und legte sich hin. Als er im Bett lag, spürte er ihren Geruch auf seiner Haut, und er atmete ihn gierig ein. »Gute Nacht, Alice, mein kleines Mädchen«, sagte er halblaut. Dann fiel er sofort in einen tiefen Schlaf und wachte erst auf, als es Zeit zum Aufstehen war.

Die Ebbe war an diesem Tag sehr früh. Er mußte sich mit dem Frühstück beeilen.

Kauend lächelte er ihr mit den Augen zu.

»Zufrieden?«

»Ja.«

»Hast du gut geschlafen?«

»Ja.« Sie sah aber trotzdem etwas blaß und müde aus.

»Irgendwann nehm ich dich mal mit zu den Muschelbänken.«

Sie sagte ja zu allem, was er plante, war aber vielleicht nicht so ganz überzeugt, daß es wirklich dazu kommen würde.

Er küßte sie, bevor er das Haus verließ. Draußen traf er Doudou in der Garage an. Sie schwangen sich beide in die Führerkabine des Lkw.

»Tag, Doudou. Heute wird's schön, sonnig und schön.« Er wußte, daß der Stumme nichts hören konnte, redete aber doch mit ihm.

Doudou las ihm oft die Worte von den Lippen ab. Auch jetzt wies er auf den Himmel und malte dann mit dem Finger einen Kreis in die Luft – das war die Sonne.

Lecoin war glücklich. Er konnte sich nicht erinnern, jemals im Leben so gelöst und entspannt gewesen zu sein, und er schob alle Probleme beiseite.

Warum sollte er Jeanne nicht ganz offen sagen, was vor sich ging? Dem Schlafzimmer gegenüber im ersten Stock war noch ein leeres Zimmer, in dem sie jetzt Obst lagerten. Daraus könnte er ein gemeinsames Zimmer machen, für Alice und ihn ...

Ganz einfach und ganz normal. Oder war das vielleicht nicht besser, als in La Rochelle hinter den Mädchen herzulaufen? Oder hier im Dorf mal mit dieser, mal mit jener zu schlafen auf die Gefahr hin, von einem eifersüchtigen Ehemann ertappt zu werden?

Ganz einfach, ja ... Aber eben zu einfach ... Jeanne

war Madame Lecoin. Das war zwar eine Fiktion, aber es würde ihr bestimmt daran liegen, diese Fiktion aufrechtzuerhalten.

»Doudou, alter Kumpel... Das Leben kann schon verdammt kompliziert sein!«

Der Stumme nickte, als ob auch er dieser Ansicht sei. Aber dann drückte seine Miene gleich wieder gute Laune aus, als er die Muschelbänke erblickte. Hier würden sie arbeiten und dabei zusehen, wie die Sonne aufging und langsam höher stieg.

Das Meer war heute schimmernd und glatt; nur am Uferrand bildete sich ein wenig Gischt.

6

Sie ging jetzt jeden Morgen einkaufen, während er mit dem Stummen an den Muschelbänken arbeitete. Sie kannte sich rasch aus in den paar Läden von Marsilly, und die Leute starrten sie neugierig an, wenn sie mit der Einkaufstasche in der Hand von einem Geschäft zum anderen ging – mager, langbeinig und mit verschlossener Miene.

Was Victor Lecoin betraf, so zeigte er sich ihr gegenüber ängstlich besorgt, und er reagierte zunehmend sensibel auf jede Äußerung von ihr, mochte sie die Brauen runzeln oder auch nur in einem Reflex die Lippen verziehen.

»Bist du glücklich?« fragte er sie mehrmals am Tag. Er hatte das Gefühl, daß sie ihn dann irgendwie ungeduldig und gereizt ansah.

»Ich glaub schon«, antwortete sie ausweichend. Oder sie sagte: »Warum sollte ich nicht glücklich sein?«

Ihre totale Passivität machte ihm angst. Ihr Gesicht schien sich ein für allemal verschlossen zu haben, und es war schwierig, irgendeine Gefühlsregung davon abzulesen. Sie tat, was zu tun war, so gut sie es eben konnte, jedoch völlig schwunglos und ohne jede Begeisterung.

Schon wenn er sie frühmorgens in der Küche in die Arme nahm und küßte, wurde er durch ihre offenkundige Teilnahmslosigkeit enttäuscht.

»Ihr Frühstück steht auf dem Tisch.«

Sie hielt die Lippen geschlossen, wenn er sie küßte. Und sie schien seinen wiederholten Liebesbezeugungen mit Skepsis zu begegnen.

Er machte sich klar, daß sie so etwas bisher nicht kennengelernt hatte und daß sie Zeit brauchte, sich daran zu gewöhnen. Er wartete ungeduldig auf den Abend, weil er dann wenigstens die Illusion hatte, sie käme ihm näher.

Sein Besuch im zweiten Stock hatte inzwischen rituellen Charakter angenommen. Sie schob jetzt den Riegel nicht mehr vor. Als er am Dienstag abend in ihr Zimmer trat, hockte sie in der großen Waschschüssel, die sie mit Seifenwasser gefüllt hatte.

Das war ein Schritt vorwärts in ihrer beider Intimität. Sie hatte nicht versucht, sich das Handtuch vorzuhalten. Sie hatte sich weitergewaschen, und er hatte sich unterdessen eine Zigarette gedreht.

Nur noch ein Tag, Mittwoch... Und dann? Er würde nach Cholet fahren, zur Beerdigung. Er würde mit seiner Frau zurückkommen. Und die würde wieder ihren Platz im Ehebett einnehmen.

Er wollte nicht daran denken. Er lebte von einem Tag zum anderen, von einer Stunde zur nächsten, allerdings mit plötzlichen Anwandlungen von Beklemmung, als ob er sich vor der Zukunft fürchten müßte.

Théo setzte sein gewohntes höhnisches Grinsen auf, wenn Lecoin bei Mimile auftauchte. Das war bei ihm eine Manie. Er war schon in der Schule so gewesen, und er hatte es seiner schwächlichen Konstitution zu verdanken, daß er nicht öfter verprügelt worden war. Auch damals hatte er so gegrient, auch damals hatte er bissige Bemerkungen gemacht.

Ein blöder Hund ist das ... Nicht ernstzunehmen ...

Nicht ernstzunehmen, ja, aber trotzdem nicht weniger unsympathisch. Ein ganz mieser Typ. Einer, der auf alle neidisch war ... Er hatte einen sehr strengen Vater gehabt, der ihn einschloß, bis er seine Hausaufgaben fertig hatte. Der Vater war jetzt tot; die Mutter vegetierte in einem dunklen Zimmer über dem Laden dahin, wo sie von Théos Frau gepflegt und auch verköstigt wurde. Sie sei nicht mehr ganz richtig im Kopf, hieß es. Die Vorübergehenden sahen bloß ihr bleiches Gesicht hinter der Fensterscheibe. Den Passanten auf der Straße zuzuschauen, das war ihre einzige Unterhaltung.

Als am Mittwoch das Telefon schellte, waren sie gerade beim Essen – Lecoin im Eßzimmer, allein, und Alice in der Küche. Er lief ins Büro hinüber. Er wußte schon im voraus, daß es seine Frau war, und er überlegte, was sie von ihm wollte.

»Warst du gerade bei Tisch?«

»Ja.«

»Tut mir leid ... Aber ich hatte Angst, dich zu verpassen, zu einer anderen Tageszeit. Also, die Beerdigung, das wird eine große Sache ... Die Weberei bleibt geschlossen, und das gesamte Personal kommt mit. Dann sind noch die Honoratioren von Cholet dabei, die alle mit Bernard befreundet sind. – Hier im Haus haben wir schon die Trauerkapelle hergerichtet. Auch die Schwiegertochter aus Kanada ist rübergekommen mit dem Flugzeug ... Wir halten alle abwechselnd bei der Toten Wache.«

Und was geht das mich an? hätte er am liebsten gesagt. Hortense war schließlich nicht seine Schwester, sondern die von Jeanne. Sie hatten sich selten gesehen, und er kannte sie kaum. Bernard Bertaut, ihr Mann, war ihm zwar nicht unsympathisch, blieb aber doch ein Fremder für ihn.

»Ich hab dich nur gestört, weil ich dich bitten möchte, früh da zu sein. Es wäre gut, wenn du wie die übrigen Familienmitglieder da bist, bevor all die anderen Trauergäste kommen.«

»Wann soll ich da sein?«

»Spätestens um neun. Der Trauergottesdienst ist um zehn. Es wird sehr voll werden. Und nach der Beerdigung wird im engsten Familienkreis zu Mittag gegessen. Im ›Hôtel de la Couronne‹.«

Sie stellte ihm keine Fragen hinsichtlich Alice. Sie erwähnte sie noch nicht einmal. »Bist du gut versorgt?« fragte sie bloß. »Hast du alles, was du brauchst?«

»Alles in Ordnung...«

»Bis morgen dann. Und nochmal: Sei pünktlich!«

Er kannte das Haus der Bertauts. Es lag zum Stadtrand hin in der Nähe der in rotem Backstein errichteten Fabrikgebäude. Es war weitläufig, aber selbst bei strahlendem Sonnenschein düster und abweisend.

»Das war meine Frau.« Er fand, er müsse Alice informieren.

Sie schaute hoch und fragte bloß: »Geht's ihr gut?«

»Ich nehm's an. Ich hab sie nicht danach gefragt.«

Er aß seinen Teller leer, nahm dann sein Weinglas und setzte sich vors Fernsehgerät, während sie die Küche aufräumte.

Das war also der letzte Abend. Es sollte ein besonderer Abend werden, nahm er sich vor; ein Abend, von dem er in Gedanken zehren konnte, wenn sie von nun an nicht mehr so häufig und so intim beisammensein konnten.

Er stieg hinter ihr die Treppe hinauf. Er empfand das Bedürfnis, wie zur eigenen Ermunterung Gesten zu wiederholen, die bereits rituell waren.

»Ich werde morgen um halb acht wegmüssen ...«

»Und der Stumme? Nehmen Sie den mit?«

»Nein. Er soll allein zu den Muschelbänken. Aber er muß zu Fuß hin; er darf ja keinen Wagen fahren. Er kann ja die Kulturen saubermachen.«

Jetzt zog sie sich vor ihm aus, als ob sie das ihr Leben lang getan hätte. Sie bat ihn nicht mehr, das Licht auszumachen. Und er lernte ihre verschiedenen Gewohnheiten kennen – wenn sie sich zum Beispiel die Zähne putzte und anschließend die Haare bürstete.

Sie hatte Zeit, sie legte nicht die geringste Ungeduld an den Tag. Gleich würden sie miteinander ins Bett gehen, sich lieben ... Schön. Und? Gab es nicht Hunderttausende anderer Paare, die das im gleichen Augenblick ebenfalls taten?

Er andererseits hatte den Wunsch, daß das, was zwischen ihnen war, außergewöhnlich und einmalig sein sollte.

Sie legte sich hin, und er legte sich neben sie, ohne das Licht zu löschen. »Sag mal, Alice, hast du mich allmählich ein ganz klein wenig lieb?« Er fragte sie das bereits zum vierten Mal.

Sie schien nachzudenken. »Ich weiß nicht«, antwortete sie dann ganz offen.

»Kommt es auch mal vor, daß du den Tag über an mich denkst?«

»Dazu hab ich nicht viel Zeit ...«

»Stellen dir die Leute keine Fragen, wenn du einkaufen gehst?«

»Nein. Sie sehen mich nur an wie eine Erscheinung. Und wenn ich rausgehe, fangen sie an, hinter mir her zu tuscheln, die Klatschweiber.«

»Hör zu, Alice ... Daran, wie wir zueinander stehen, darf sich nichts ändern, auch wenn meine Frau zurück ist. Das ist sehr wichtig für mich. Ich hab bis jetzt noch nie jemand geliebt. Ich hab nicht gewußt, wie das ist. Jetzt aber könnte ich nicht mehr auf dich verzichten.«

Sie schwieg und schaute zur Decke.

»Woran denkst du?« wollte er wissen.

»Ich denke nach. Über das, was du gerade gesagt hast.«

»Und was hältst du davon?«

»Ich weiß nicht, wie du das anstellen willst. Sie ist ja doch deine Frau.«

»Ich könnte mich scheiden lassen.«

»Aus welchem Grund? Meinst du, sie ist mit der Scheidung einverstanden?«

Er wußte genau, daß sie nicht einverstanden sein würde. Jeanne hatte ihre Prinzipien. Sie war Madame Lecoin, und das würde sie bleiben bis zu ihrem Tod.

»Vielleicht gehen wir eines Tages alle beide weg von hier.« Er kam wieder auf seine fixen Ideen zurück. Weggehen – aber wohin? War er dafür nicht zu sehr in Marsilly verwurzelt? Bestimmt würde ihm alles fehlen – das Haus, allmorgendlich die Stunden an den

Muschelbänken, dann die Einkehr bei Mimile und am Nachmittag schließlich die Fahrten zum Bahnhof von La Rochelle ... Es wurde ihm klar, daß alle seine Pläne undurchführbar waren. Aber er hielt einfach an dem Glauben fest, daß er Alice nicht verloren geben mußte. »Und wenn ich nicht jeden Tag raufkäme? Würde dir das fehlen?«

»Vielleicht.«

Sie sagte nicht eindeutig ja. Er verstand das einfach nicht. Es gab Augenblicke, da fühlte er sie ganz nah, dann wieder erschien sie ihm weit weg und gleichgültig.

Er nahm sie leidenschaftlicher als sonst, fast wild, und in ihren Augen stand Angst. Er zog sich diesmal auch nicht rechtzeitig zurück. Wenn er ihr ein Kind machte, egal ... Es war dann immerhin sein Kind, seines und das von Alice. Und Jeanne blieb nichts anderes übrig, als es hier im Haus zu dulden.

»Was hast du gemacht?« fragte sie ihn überrascht. »Hast du dich nicht in acht ...«

»Nein«, antwortete er kategorisch. »Hab ich nicht.«

»Hast du keine Angst, daß ich schwanger werde?«

»Na und? Wär mir nur recht, ein Kind von dir zu haben.«

Sie war verblüfft. Nicht nur er verstand sie nicht; auch sie konnte ihn nicht verstehen. Er blieb ausgestreckt auf dem Rücken liegen – das war nun schon zur Gewohnheit geworden. Der einzige Unterschied war, daß er sie jetzt bei Licht sah.

Er hatte das Bedürfnis, mit ihr zu reden. Worüber, das wußte er selbst nicht recht. Aber er wollte die Verbindung zu ihr nicht abreißen lassen. »Eines Tages erzählst du mir auch alles von dir...«

»Da gibt's nichts zu erzählen. In diesen Fürsorgeeinrichtungen ist ein Tag wie der andere.«

»Waren die sehr streng, deine Lehrer?«

»Das waren keine Männer... Bei uns haben nur Nonnen unterrichtet.«

»Haben sie dich zur Messe geschickt?«

»Jeden Morgen. Wir mußten um sechs Uhr früh aufstehen und hatten zehn Minuten, um uns fertig zu machen.«

»Hast du ein Zimmer für dich allein gehabt?«

»Es hat nur Sechserzimmer gegeben.«

»Hast du Freundinnen gehabt?«

»Kameradinnen halt... Nach der Kirche hat's einen Kaffee gegeben und Brot; danach waren zwei Stunden Unterricht. Die Schwestern haben großen Wert auf Schönschrift gelegt. Und sie wollten auch, daß wir gut nähen lernten. Wir haben solche Beutel genäht, die sie dann verkauft haben. Die Wäsche wurde draußen im Freien gewaschen, auch im Winter. Und ohne Mantel.«

Sie beklagte sich nicht. Sie berichtete.

»Warst du froh, als du rausgekommen bist?«

»Ja.«

Er überging Paquot, an den wollte er sie nicht erinnern. »Alles in allem hast du demnach nicht *gelebt*, bevor du hier hergekommen bist.«

»Nicht gelebt? Ich bin sechzehn!«

»Warum gehst du sonntags in die Kirche?«

»Das ist Gewohnheitssache... Da, wo ich war,

wurde die Kapelle nicht geheizt. Wir mußten jede Woche einmal beichten und zur Kommunion gehen.«

Auch Lecoin war in seiner Jugend in die Kirche geschickt worden, doch nur sonntags. Dann, mit dreizehn, hatte er – abgesehen von seiner Arbeit auf dem Bauernhof – schon tun und lassen können, was er wollte.

Die Arbeit allerdings hatte bei Sonnenaufgang angefangen und bei Sonnenuntergang geendet. ›Victor!‹ Die kreischende Stimme der Bäuerin. Sie hatte auf dem Hof gestanden, die Fäuste in die Hüften gestemmt, und nach ihm geschrien, zehnmal am Tag, zwölfmal. Dann mußte er spurten, egal, wo er gerade sein mochte. Denn das Kommando führte sie, und nicht ihr trotteliger Ehemann.

›Hol die Leiter und bring mir zwei Täubchen runter!‹ konnte es heißen.

Außer Hühnern hatte sie auch Gänse und Enten. Samstag abends bot sie auf dem Markt ihr Geflügel und die Eier feil; dann hatte er eine Atempause.

Hatten sie nicht alle beide, Alice und er, einen Ausgleich für entgangene Kindheit verdient?

Er, Lecoin, war hart geworden. Er war der *patron* geworden. Und nun ... Mit fünfundvierzig Jahren war er plötzlich genauso verletzlich wie ein blutjunger Bursche; sein Geschick – Glück oder Unglück – lag in den Händen einer jungen Göre.

»Findest du mich alt?«

»Ich weiß nicht, wie alt du bist.«

»Fünfundvierzig.«

»Deine Frau ist älter als du, oder?«

»Ja. Drei Jahre.«

»Sie sieht viel älter aus.«

»Wahrscheinlich, weil sie graue Haare hat.«

Sie hatte ihm keine direkte Antwort gegeben. Das kam häufig vor bei ihr, daß sie sich glattweg einer Stellungnahme entzog.

»Würdest du mich heiraten wollen, wenn ich frei wäre?«

Sie schwieg lange, und das tat ihm weh. »Aber du bist eben nicht frei.«

»Dann stell dir vor, daß ich es werden könnte . . .«

»Dann wäre ja immer noch Zeit, sich zu entscheiden.«

»Würde dir das nicht gefallen, ganz mit mir zu leben, als meine Frau?«

»Ich weiß nicht.«

Das war die häufigste Antwort, die er bekam, wenn er sie ein wenig unter Druck setzte.

»Du empfindest keine Zuneigung zu mir, nicht wahr?«

»Ich kenn dich noch nicht besonders gut.«

»Dabei hab ich dir vielleicht gerade ein Kind gemacht«, sagte er grämlich.

»Das hat nichts miteinander zu tun.«

Er überlegte, ob ihr klar war, was sie da sagte. In ein paar Minuten würde er sie erneut besitzen.

»Du weißt fast alles von mir«, wandte er ein. »Ich hab dir erzählt, wie es war, als ich jung war, als ich angefangen habe . . .«

»Ja.«

»Was möchtest du sonst noch wissen?«

»Ich weiß nicht«, antwortete sie zum soundsovielten Mal.

Jeanne hingegen ... Für sie war er wie ein aufgeschlagenes Buch, und zwar von der ersten Begegnung an. Riskierte sie nicht, daß sie sich auch mal täuschte? Er hatte ihr dieses intuitive Erfassen oft übelgenommen. Sie hatte auf ihn wie eine Mutter gewirkt, die manchmal Nachsicht übt, manchmal aber schweigsam ist und hart.

Sie hatte Alice nicht erwähnt vorhin am Telefon. An sie gedacht haben mochte sie trotzdem; er war auch sicher, daß sie ahnte, was sich zugetragen hatte. Aber eines wußte sie bestimmt nicht: daß er Alice wirklich liebte und daß das für immer so bleiben würde.

Bekam sie vielleicht doch Angst, daß jemand anders ihren Platz einnehmen könnte? Oder war dafür ihr Selbstvertrauen zu stark?

Sie liebten sich ein weiteres Mal, und jetzt wartete sie auf den Augenblick, in dem er in ihr seinen Höhepunkt hatte.

»Das ist ganz warm«, sagte sie.

»Weißt du, was ich gern hätte? Worum ich dich bitten möchte?«

»Nein.«

»Daß wir heute nacht zusammenbleiben, hier bei dir. Das ist wahrscheinlich für lange Zeit die letzte Gelegenheit.«

»Das Bett ist ziemlich schmal.«

»Das macht nichts. Wir schlafen ja zusammen.«

Sie schien zu überlegen, das Für und Wider gegeneinander abzuwägen. Wahrscheinlich wurde ihr allmählich klar, wieviel Gewalt sie über ihn hatte, und sie spielte jetzt ein Spiel. »Wenn du's halt willst ...«

Er stand auf und löschte das Licht.

»Kann ich mein Hemd wieder anziehen?« fragte sie.

»Also, anders wär's mir lieber.«

»Meinst du nicht, daß wir frieren?«

»Nein, zu zweit nicht. Komm schon...« Er zog sie an sich und legte ihren Kopf auf seine Brust. »Liegst du gut so?«

»Ja.« Kurz darauf sagte sie noch: »Du riechst nach Mann«, und sie strich sich gleichzeitig das Haar zurück, das ihr ins Gesicht gefallen war. Sie seufzte auf und glitt fast unmittelbar in den Schlaf hinüber, wobei sie den einen Arm hin- und herbewegte, weil sie nicht wußte, wie sie ihn legen sollte.

»Gute Nacht, Chérie.« Es war das erste Mal, daß er sie so nannte.

»Gute Nacht.« Ihre Stimme war leise und kam bereits von weit her. Dann wurden ihre Atemzüge immer tiefer und gleichmäßiger.

Sie war mit dem ganzen Körper an ihn gepreßt; er spürte sie und war so gerührt, daß ihm die Tränen in die Augen stiegen. Warum nur mußte Jeanne morgen zurückkommen? Er empfand es als Ungerechtigkeit, mit ihr leben zu müssen. Weil er vor über zwanzig Jahren eines Abends mit ihr getanzt und gedacht hatte, sie würde eine patente Ehefrau abgeben, deshalb sollte ihm jetzt das Recht verweigert werden, zu lieben, wen er wollte.

Das ganze Dorf war gegen ihn. Er begriff, was die Blicke bedeuten sollten, die man ihm zuwarf. Und er stellte sich das Getratsche der Klatschmäuler vor: ›Eine Schande, hinter einem jungen Ding so herzulaufen! Und dann das Mädchen... Wie kann sie sich das nur von einem Mann in seinem Alter gefallen lassen?‹ – ›Ja, der nutzt anderer Leute Unglück vielleicht aus! Wenn seine Schwägerin nicht gestorben, wenn seine Frau nicht nach Cholet gefahren wäre ...‹

Théo wiederum, der begnügte sich zur Zeit mit seinem höhnischen Grinsen. Man hätte meinen können, daß sie alle etwas erwarteten. – Aber was?

Jahrelang war er der *patron* gewesen; der stärkste und reichste Mann in der Gegend; niemand hatte ihm seine Überlegenheit streitig gemacht. Und jetzt, wo so eine Göre ihn um den kleinen Finger wickeln konnte, jetzt war er entthront. Er war ein Mann wie alle anderen geworden – aber nicht nur das: Er war verletzlicher, bot mehr Angriffsfläche als jeder beliebige Dorfbewohner. Er machte sich lächerlich.

Alice drehte den Kopf; Lecoins Brust war hart. Etwas später ließ sie sich im Schlaf auf das Kopfkissen zurückgleiten.

Wenn es nach Lecoin gegangen wäre, hätte diese Nacht unendlich lange dauern können. Er war nicht müde. Er dachte nach, aber nicht gezielt; er überließ sich seinen Gedanken. Das weiße Gesicht und die unweiblich derbe Erscheinung seiner Frau ließen ihn nicht los.

Er mochte aber nicht traurig sein. Er war sicher, daß sich alles finden, sich einrenken würde. Es mußte einfach so kommen, unbedingt.

Wenn Jeanne das Mädchen aus dem Haus jagte, dann würde auch er nicht mehr bleiben.

Sicher, er hätte sie in einem kleinen Appartement in La Rochelle unterbringen und täglich besuchen können. Aber das wäre anders gewesen – nicht so, wie er es brauchte. Er brauchte Alice dauernd, Tag und Nacht, und er mußte sie ansehen und mit ihr sprechen können.

Sie schlief fest neben ihm. Sie zog einen Flunsch wie ein kleines Mädchen.

Er dachte und dachte ... Es machte ihn müde, sich fortlaufend mit dem gleichen Problem herumzuschlagen, und er schlief schließlich ein. Er wachte zweimal auf in der Nacht, und beide Male streckte er tastend die Hand aus, um sich zu vergewissern, daß sie noch neben ihm war.

Später vernahm er ein schwaches Geräusch: Sie stand sachte auf und zog sich im Dunkeln an. Dann öffnete sie die Tür, ging nach unten und machte Kaffee wie sonst auch.

Es war sehr früh am Morgen; die Sonne ging erst in knapp zwei Stunden auf.

Er zog Pyjama, Morgenrock und Hausschuhe an und ging ebenfalls hinunter. Er war unfrisiert, und sie auch. Sie waren beide weder gewaschen noch gekämmt, und das verstärkte den Eindruck von Intimität.

»Hast du gut geschlafen?«

»Ja. Ich glaub, ich hab durchgeschlafen bis heute früh.«

»Du bist mit dem Kopf auf meiner Brust eingeschlafen, und du bist lange so liegengeblieben.«

»Wollen Sie Ihre Eier jetzt?«

»Nein. Wenn ich nachher wieder runterkomme. Jetzt möchte ich nur einen Kaffee.«

Er blieb zum Kaffeetrinken in der Küche und sah ihr zu, wie sie hin und her ging. Er war nervös. Er hätte sich am liebsten ein Glas eingeschenkt, um das Zittern in seinen Händen zu beruhigen. Aber er genierte sich in ihrer Anwesenheit, weil es noch so früh war am Morgen.

Er blieb lange in der Badewanne liegen, und in Gedanken sah er Alice wieder zusammengekauert in der Waschschüssel hocken. Dann rasierte er sich sehr scharf, wie er es gewöhnlich sonntags tat, wenn er Zeit hatte, sich in Ruhe fertig zu machen.

Er hatte einen schwarzen Anzug, den er nur sonntags trug. Er hatte ihn vor knapp zehn Jahren anläßlich einer Hochzeit machen lassen, und jetzt spannte er etwas. Er hatte auch einen Hut, der genauso wenig getragen war. Denn Lecoin setzte ja eine Schiffermütze auf, wenn er werktags ausging.

Die Sonne war strahlend hell aufgegangen, und ein paar schimmernd weiße Wolken segelten rasch über den Himmel.

Er fühlte sich gehemmt in seinem Festtagsstaat, als er wieder nach unten in die Küche ging. Jetzt allerdings schenkte er sich ein Glas Wein ein.

»Sind Sie zum Abendessen zurück?«

»Ja, aber vielleicht etwas später als sonst. – Komm ...«

Sie kam lustlos in seine ausgebreiteten Arme. So war sie immer tagsüber.

»Verlaß dich auf mich«, flüsterte er ihr ins Ohr. Dann küßte er sie lange und sehr zärtlich. »Bis heute abend, Alice.«

»Bis heute abend.«

Der Stumme öffnete ihm die Wagentür, und Lecoin winkte ihm zum Abschied zu.

Er fuhr in Richtung Niort. Das war zwar nicht der

kürzeste Weg, aber der beste. Er kam durch die Vendée-Dörfer mit den niedrigen Häusern, und er sah sich automatisch und mit Kennerblick das weidende Vieh an. Das Land ringsumher war sehr flach, und der Himmel darüber spannte sich unermeßlich weit, wie ohne Horizont.

Er kam durch Les Essarts und Mortagne. Die Entfernungsangaben auf den Kilometersteinen bezogen sich mittlerweile bereits auf Cholet, und je näher er der Stadt kam, desto mehr sank seine Stimmung.

Kurz vor neun parkte er den Wagen nicht weit vom Haus seines Schwagers. Um die Haustür ein schwarzer Trauerbehang mit Silberperlen, dazu ein eingerahmtes großes B. Passanten blieben stehen, sahen sich die Drapierung an und gingen weiter.

Der Geruch von Wachskerzen und Chrysanthemen schlug ihm entgegen, als er eintrat. Rechts stand die Tür zum Salon offen; der Raum war als Trauerkapelle hergerichtet. Der Sarg war bereits geschlossen. Er ergriff einen kleinen Buchsbaumzweig, tauchte ihn in Weihwasser und machte in der Luft ein Kreuz.

Ein junges Mädchen kam lautlos auf ihn zu, während er so tat, als ob er bete. Eine seiner Nichten, Albertine oder Jeanine – er konnte sie nie auseinanderhalten. Allerdings, er kam ja ganz selten mit den Bertauts zusammen.

»Ihre Frau müßte im Eßzimmer sein ...«

Er küßte sie auf die Wange und stammelte eine Beileidsbezeugung.

Im Eßzimmer war etwa ein Dutzend Personen versammelt; einige von ihnen kannte er nicht, und Jeanne stellte vor. Alle waren in Schwarz und machten ernste und feierliche Gesichter.

»Willst du dich nicht frisch machen?« fragte Jeanne gedämpft.

»Nicht nötig.«

»Möchtest du vielleicht was trinken?«

Auf einem Tablett standen zwei Flaschen Wein und Gläser. Er schenkte sich ein.

Er fühlte sich linkisch und gehemmt. Jeanne war ihm dankbar, daß er ihre Bitte erfüllt hatte und rechtzeitig gekommen war.

Die einen hatten sich hingesetzt, und die anderen waren stehengeblieben. Jemand, dessen Namen er nicht recht verstanden hatte, rauchte eine Zigarre.

»Für sie war es besser so, als noch länger leiden zu müssen ...«

Bertaut, der Ehemann, wirkte verloren und sah so aus, als ob er nicht mehr wisse, wo er sich festklammern solle. Er gehörte zu denen, die stehengeblieben waren, und Lecoin war ganz in seiner Nähe.

»Entsetzlich ...«, stöhnte Bertaut. »Du denkst, die ganze Welt stürzt ein.«

Es wurde halblaut gesprochen, und es redeten mehrere auf einmal.

»Sie war so ein fröhlicher Mensch. Wer hat denn allen Mut gemacht damals im Krieg? Sie!«

Ein Priester tauchte kurz im Zimmer auf, schüttelte mehreren Anwesenden die Hand, murmelte dabei ein paar Worte und verschwand wieder.

Draußen auf der Straße belebte es sich allmählich. Leute traten ein, gingen in die Trauerkapelle, machten das Kreuzzeichen, bewegten betend die Lippen und versammelten sich dann auf dem gegenüberliegenden Trottoir.

Es kamen auch zwei Nonnen, die etwas länger am Sarg niederknieten.

»Vielleicht sollten wir Albertine mal ablösen?«

Eine alte Dame, die Victor nicht kannte, opferte sich.

»Noch ein Glas?« wandte sich Bertaut an Lecoin. Er trank selbst auch; er mußte seit heute früh getrunken haben, seinem säuerlich riechenden Atem nach zu urteilen. Er war ein geachteter Mann, rundlich, rötlich, normalerweise ein Bonvivant-Typ, dem jetzt plötzlich der Boden unter den Füßen weggezogen war.

Von Zeit zu Zeit warf jemand einen Blick auf die Straße. »Das Personal ist auch schon da...«

Die Belegschaft bestand aus etwa vierzig Leuten, Männern und Frauen. Vor allem aber Frauen, weil Bernards Betrieb sich auf die handrollierten Cholet-Taschentücher spezialisiert hatte.

Ab und zu spürte Victor den Blick seiner Frau auf sich. Sie war ernst und feierlich, aber sonst war ihrer Miene nichts zu entnehmen.

»Der Priester ist da, mit den Ministranten...«

Dann fuhr der Leichenwagen vor. Alle schickten sich an, das Haus zu verlassen. Der Sarg war auf eine Bahre gestellt und mit einem schwarzen Tuch abgedeckt worden. Jetzt wurde er in den Wagen gehoben.

Es waren weniger als dreihundert Meter bis zur Kirche, daher ging man zu Fuß. Der Zug formierte sich recht und schlecht. Manche zögerten, jeder versuchte sich da einzureihen, wo nach eigener Einschätzung sein Platz war.

Die Leute auf den Trottoirs blieben stehen und nahmen den Hut ab. Victor und seine Frau waren in der ersten Reihe bei den Angehörigen. Auf dem Leichenwagen lagen eine Menge Kränze und Buketts, und als der Zug den Vorhof der Kirche erreichte, begannen die Glocken zu läuten.

Es waren schon Leute auf den Emporen. Die Orgel brauste. Der Priester und der Ministrant verschwanden in der Sakristei.

Victor war jetzt in der zweiten Reihe in der Nähe des Katafalks. Die Trauerstimmung schlug sich auf seine Gedanken nieder, die recht verschwommen blieben. Ein menschliches Wesen, seine Schwägerin, deren Lachen ihm noch in Erinnerung war, lag also da in diesem Holzkasten, und nachher würde man sie endgültig in der Erde versenken.

Und wenn nun Jeanne da läge statt Hortense?

Unwillkürlich kam ihm der Gedanke. Jeanne hatte zweimal einen Infarkt gehabt innerhalb von fünf Jahren. Der Arzt hatte Victor nicht verheimlicht, daß ein dritter verhängnisvoll werden könnte. Er hatte ihr kleine rosa Tabletten verschrieben, von denen sie immer ein Röhrchen dabei hatte.

Er sah ihre kräftigen Kinnbacken im Halbprofil von hinten. Sie hielt den Blick ganz gerade auf den Altar gerichtet.

Der Ministrant bimmelte mit dem Glöckchen. Die Messe begann. Im Kirchenchor stimmten die Solisten die Trauergesänge an.

Lecoin fühlte sich unbehaglich. Die Blumen waren ganz in seiner Nähe, und ihr Duft vermischte sich mit dem Geruch der Wachskerzen. Ob er es wollte oder nicht, sein Blick blieb immer wieder an seiner Frau und ihrem Gesicht hängen.

Alice lief jetzt wohl durch die fast leeren Straßen von Marsilly und erledigte ihre Einkäufe. Heute abend würde er nicht zu ihr in den zweiten Stock kommen, um mit ihr zu schlafen. Er glaubte noch ihren Kopf auf seiner Brust zu spüren und ihre regelmäßigen Atemzüge zu hören.

Es war jetzt nicht der richtige Augenblick, weiter in die Zukunft zu denken. Welche Pläne konnte er überhaupt machen? Das hing tatsächlich von dieser Frau mit den harten Gesichtszügen ab, gleich vor ihm in der ersten Reihe.

Wahrscheinlich war das, was vorgefallen war, keine Überraschung für sie. Ob sie auf dem Heimweg davon anfangen würde? Oder würde sie die Ahnungslose spielen?

Es war ihm heiß. Er war es nicht gewohnt, den Kragen geschlossen und mit Krawatte zu tragen.

Er reihte sich zur Opferung ein, hinter sich das Schlurfen und Scharren vieler Füße auf den Steinplatten. Es waren Dutzende von Menschen; ein jeder kniete nieder, um das Kruzifix zu küssen und anschließend seine Opfergabe in eine Schale zu legen.

Dann kam das Schlußgebet. Die Kirchentüren wurden weit geöffnet, und plötzlich fiel Sonnenlicht herein.

Der Sarg wurde wieder angehoben und weitergetragen. Die Gemeinde bildete einen Zug, der den Weg zum Friedhof einschlug.

Auch hier wieder Leute, die keine Zeit für die Messe gefunden hatten und warteten. Bernard gehörte zu den Honoratioren der Stadt; der Bürgermeister und mehrere Gemeinderäte hatten sich eingefunden.

Lecoin betrachtete das Loch, in welches der Sarg gesenkt wurde, und sein Blick wanderte unwillkürlich weiter zu seiner Frau. Dann sah er rasch woanders hin. Er schämte sich seiner Gedanken.

Und doch. Hätte sich dadurch nicht alles geregelt? Er war Jeanne nicht böse. Sie war nicht schuld daran. Wer hatte eigentlich Schuld an der Sache? War er es nicht selbst? Er, der sie geheiratet hatte? Andererseits, wie hätte er mit fünfundzwanzig wissen sollen, daß er sich zwanzig Jahre später so leidenschaftlich verlieben würde?

Er würde mit Alice fortgehen. In dieser Minute, hier auf dem Friedhof, war er dazu entschlossen. Jeanne und er waren in Gütergemeinschaft verheiratet, und er würde ihr vom Grund und Boden sowie dem Geld die Hälfte überlassen. Er war überzeugt, daß sie nicht unglücklich sein würde. Im Gegenteil; sie würde den Betrieb leiten, wie sie das jetzt schon in manchen Bereichen tat. Sie würde einen Mann einstellen und ihn zusammen mit dem Stummen an die Muschelbänke schicken.

Ach, er wußte überhaupt nicht mehr... Jetzt wurden wieder Hände geschüttelt. Die Sonne stand hoch am Himmel. Die Leute zerstreuten sich allmählich und schlängelten sich manchmal zwischen den Grabsteinen hindurch.

»Fehlt dir was?« Jeanne war zu ihm getreten.

Er hatte das Gefühl, in flagranti ertappt worden zu sein. »Mir ist heiß. Das ist lang gegangen in der Kirche.«

»Wir gehen alle zusammen essen. Sie haben uns im ›Hôtel de la Couronne‹ einen Raum reserviert.«

Man machte sich in kleinen Grüppchen, die sich in kurzem Abstand folgten, auf den Weg zum Restaurant.

Der Hoteldirektor begrüßte sie vor dem Eingang zum Lokal. In einem der Räume war für gut zwanzig Personen gedeckt, und auf einer Anrichte standen Gläser und Aperitifflaschen.

»Was darf ich Ihnen geben, Monsieur?«

Lecoin sah sich die Etiketten an und entschied sich für einen Portwein. Er trank sein Glas gierig leer und schenkte sich ungeniert nach.

Alle tranken, aber man wagte nicht, sich zuzuprosten. Auf wessen Gesundheit hätte man auch das Glas erheben sollen?

Bernard tupfte sich erst die Stirn ab, dann den breiten Nacken, der über dem Hemdkragen einen Wulst bildete. »Sie haben Glück, Victor«, wandte er sich an Lecoin. »Jeanne, die ist robust. Sie glauben ja nicht, was das bedeutet, wenn man plötzlich alleinbleibt. Meine jüngste Tochter heiratet bald, und dann ist außer mir keiner mehr im Haus...« Seine Augen wurden feucht, und auch er schenkte sich nach.

Dann erschien der Oberkellner und bat endlich zu Tisch.

Lecoin saß ziemlich weit von Jeanne entfernt neben der jüngeren Bertaut-Tochter. Der, die heiraten wollte, wie er eben erfahren hatte.

Er sah sich im Raum um: Die Wände von oben bis unten getäfelt, der riesige Lüster am hellen Tag erleuchtet ... Sicherlich der Raum für das Standardzeremoniell – für Verlobungen und Hochzeiten ebenso geeignet wie für Beerdigungen. Und womöglich servierten sie bei den anderen Anlässen ungefähr das gleiche Menu ...

Es wurde Hummercrèmesuppe aufgetragen, dann Canard à l'orange und zum Schluß eine Eisbombe.

Es gab mindestens drei Sorten Wein, und der Weinkellner schenkte laufend nach. Die Stimmen am Tisch wurden immer lauter. Einige der Anwesenden hatten offenbar vergessen, warum sie hier zusammensaßen.

»Fahren Sie heute noch heim?« erkundigte sich das junge Mädchen.

»Ja. Ich muß morgen früh an den Muschelbänken sein.«

»Geht Tante Jeanne da auch hin?«

»Nein. Es gibt zwar Frauen, die das tun, aber Ihre Tante arbeitet im Büro. Sie nimmt die Bestellungen entgegen, schreibt die Rechnungen aus und kümmert sich um den Versand.«

»Da wird sie Ihnen ja eine große Hilfe sein.«

Zu seinem eigenen Erstaunen antwortete er mit Ja. Und es stimmte auch; er selbst wäre gar nicht imstande gewesen, die Arbeit von Jeanne zu erledigen. Daran hatte er gar nicht gedacht.

Es wurden Zigarren herumgereicht wie auf einem Bankett, und manche steckten sich eine in die Tasche, um sie später zu rauchen. Die Gesichter waren gerötet. Dann kam der Kaffee, und dazu wurde Cognac serviert.

Heute abend würde er sich im ersten Stock schlafen

legen müssen, in einem Bett mit ... Der Gedanke war ihm unerträglich. Aber warum eigentlich, gütiger Himmel, wo doch noch nicht mal etwas zwischen ihnen war? Er schaute über den Tisch zu Jeanne, und er sah, daß ihre Augen auf ihn gerichtet waren.

Für gewöhnlich erriet sie alles. Ob sie auch jetzt erriet, was er gerade dachte und was er beim Schlußgebet gedacht hatte?

Einige Gäste brachen auf und verabschiedeten sich mit einem Händedruck von Bernard, der jedesmal von seinem Platz aufstand. Bald saßen nur noch die engsten Familienmitglieder am Tisch, und Lecoin gab seiner Frau ein Zeichen. Sie nickte und stand auf; dann folgte ein großes Händeschütteln und gegenseitiges Umarmen.

»Wo hast du den Wagen gelassen?«

»Nicht weit von Bernards Haus, fast gegenüber.«

»Aber meinen Koffer muß ich schon noch holen.«

Sie gingen nebeneinander auf dem sonnigen Trottoir, und ihre Schatten liefen in die Länge gezogen vor ihnen her.

Warum hatte Lecoin das Gefühl, es sei Sonntag? Wahrscheinlich wegen seines Anzugs. Außerdem war es ungewohnt für ihn, mit seiner Frau Seite an Seite auf einem Trottoir zu gehen. Sie waren in der Stadt, und doch wirkten die Straßen leer. Dann hatten sie den Wagen erreicht. Jeanne ging ins Haus und kam bald mit einer alten Frau wieder heraus, die die Türe hinter ihr schloß.

Der schwarze Behang über dem Eingang war entfernt. Das Leben ging weiter.

Sie setzte sich neben ihn, und sie sprach auf den ersten zehn Kilometern kein Wort. Er schwieg auch. Er war spannungsgeladen und überlegte, wie es werden würde, wenn sie wieder zu Hause waren.

Jeanne machte dann als erste den Mund auf. Sie fuhren gerade durch einen Weiler, und auf einer Schwelle saßen Kinder und spielten.

»Hast du dich wenigstens in acht genommen?«

Er war überrumpelt und wußte nicht, was er antworten sollte. »In acht genommen ... Wieso?« murmelte er daher nur und setzte eine erstaunte Miene auf.

»Das Theater kannst du dir sparen, Victor.« Sie war nicht verärgert; ihre Stimme klang nicht hart. Im Gegenteil, sie sah eher so aus, als müßte sie ihre schützende Hand über ihn halten. »Daß ihr beide miteinander ins Bett geht, ist mir egal, aber ich lege keinen Wert drauf, daß du im Gefängnis landest.«

»Da mach dir mal keine Sorgen.«

»Hat sie gut für dich gesorgt?«

»Sehr gut.«

»Kann sie einigermaßen kochen?«

»Sie wird es gelernt haben, dort in dem Heim, in dem sie war... Und Nähen hat sie auch gelernt.« Warum strich er sie so heraus? »Sie war bei Ordensschwestern«, fügte er hinzu.

»Am Sonntag ist sie nicht zur Messe gegangen ...«

»Sie geht nicht mehr hin.«

»Du hast das nicht in unserem Schlafzimmer gemacht, hoffe ich.«

»Nein ...«

»Dann in ihrem Zimmer?«

»Ja.«

Er fühlte sich reichlich unbehaglich. Er hatte das Gefühl, seine schöne Liebe werde von Jeanne dadurch in den Dreck gezogen, daß sie sie auf ein paar Gesten reduzierte, aufs rein Körperliche. *Aber ich liebe sie, klar?* hätte er sie am liebsten angeschrien. *Wenn du weiter im Schlafzimmer bleiben willst – meinetwegen! Aber ich, ich schlafe bei ihr.* Es gelang ihm nicht, seine Verwirrung gänzlich zu überspielen.

»Du hast weiß Gott genug Affären und Abenteuer gehabt«, fuhr sie fort, »aber so wie jetzt seh ich dich zum ersten Mal.«

»Was meinst du damit?«

»Sag mal, Victor ... Bist du verliebt?«

»Nein.«

Dieses Nein kostete ihn Überwindung, und er bat Alice im Geist um Verzeihung. Aber was hätte er sonst sagen sollen?

»Haben die Leute was gemerkt davon?«

»Wovon?«

»Von euren Beziehungen! Sag mal, man könnte meinen, du bist schwer von Begriff geworden ... Jedenfalls, manche Dinge sind bei dir nicht schwer zu erraten, wenn man dich kennt. Und die Tratschtanten brauchen nicht abzuwarten, bis du Arm in Arm mit ihr in der Gegend herumspazierst, die schalten schon vorher ... Der Stumme hat's ja ohnehin kapiert, der weiß ja immer alles. Und sobald es um dich geht, findet er alles in Ordnung.«

Lecoin fühlte sich immer unbehaglicher. Sie setzte alles herab. Es wurde ihm klar, daß sich seine Liebe von nun an auf ein paar flüchtige Umarmungen beschränken würde. Wie er Alice kannte, würde sie dabei unverwandt auf die Tür starren; Jeanne war für sie die Chefin, und sie hatte Respekt vor ihr.

»Na ja, was soll's ... Das vergeht auch wieder, wie's gekommen ist.«

Er kochte innerlich, versuchte aber, sich nichts anmerken zu lassen.

»Vielleicht schaust du mal auf den Tacho ...«

Er fuhr mehr als hundertzwanzig, und es war ihm nicht aufgefallen. »Ich hab Durst«, brummte er, als das nächste Dorf in Sicht kam. Er hielt vor einer kleinen Bar mit blau gestrichener Fassade. »Kommst du auch mit?«

»Nein. Und denk dran, daß du noch fahren mußt.«

Er zuckte die Achseln. Er lehnte sich zum ersten Mal in seinem Eheleben auf. Und je mehr sie sagte, desto mehr wurde sie ihm verhaßt.

Ein junges Mädchen stand hinter dem Tresen. Sonst hielt sich niemand in dem kleinen Raum auf.

»Haben Sie einen guten Cognac?«

Sie wies auf eine bestimmte Flasche im Regal. »Ich hätte den da.«

»Geben Sie mir ein großes Glas.«

»Einen Doppelten?«

»Ja, einen Doppelten.« Seine Finger zitterten vor Nervosität. »Noch einen, bittschön ...« Dem jungen Mädchen gegenüber war es ihm etwas peinlich, so viel zu trinken.

»Noch mal doppelt?«

»Ja.«

Er trank jetzt langsamer und kramte in der Tasche nach Kleingeld. Jeanne saß draußen im Wagen und blickte geradeaus, und sie sah wirklich aus wie die Chefin, wenn man sie so dasitzen sah, ruhig und etwas steif.

»Danke, Mademoiselle ...«

»Hast du Cognac getrunken?« empfing sie ihn.

»Ja.«

»Wieviel? Zwei? Drei? Oder vier?«

Er zuckte wortlos die Achseln.

Eine dreiviertel Stunde später lagen die ersten Häuser von Marsilly vor ihnen, und zu ihrer Rechten glitzerte das Meer in der untergehenden Sonne.

7

Jeanne hatte bereits den Hausschlüssel aus der Handtasche geholt, als er durch die Toreinfahrt fuhr. Vor der Außentreppe hielt er kurz an und ließ sie aussteigen.

In der Garage wunderte er sich, daß der Stumme nirgendwo sichtbar war. Für gewöhnlich tauchte er von irgendwo her auf, wenn Lecoin heimkam, als ob er dessen Eintreffen gerochen hätte.

Als er das Haus betrat, kam seine Frau gerade aus der Küche. Sie war noch in Hut und Mantel.

»Eigenartig ... Alice ist nicht unten.«

Sein erster Gedanke war, daß sie vielleicht seine Abwesenheit dazu benutzt hatte, von hier wegzugehen, und die Angst schien sich auf seinem Gesicht widerzuspiegeln.

»Sie ist vielleicht im ersten Stock oben«, murmelte Jeanne.

»Was sollte sie um die Tageszeit im ersten Stock?«

Kein Topf auf dem Herd, noch nicht einmal der Wasserkessel. Die Kasserolle leer.

Er rannte in den ersten Stock hinauf. Er nahm gleich vier Stufen auf einmal. Er riß die Tür zum Schlafzimmer auf. Es war leer, wie er erwartet hatte. Das Bett war gemacht; es war letzte Nacht ja nicht benutzt worden. Als er am Spiegelschrank vorüberkam, blickte ihm ein bestürztes Gesicht entgegen.

Er lief weiter in den zweiten Stock, stieß die Tür zum Zimmer von Alice auf und blieb stehen, die Kehle wie zugeschnürt. Schrie er tatsächlich auf? Er hatte das Gefühl, einen unmenschlichen Schrei auszustoßen, während er ins Zimmer stürzte und abrupt vor dem Bett anhielt. Alice lag ausgestreckt da. Sie trug die kleinkarierte Kittelschürze. Die Augen waren offen und glasig, auch der Mund stand offen, und die Zunge hing heraus. Die Haut hatte sich schon bläulich verfärbt.

»Ganz ruhig, Victor...« Jeanne war hinter ihm heraufgekommen und stand auf der Schwelle. Sie schien den ganzen Türrahmen auszufüllen.

Er berührte fast schüchtern die herabhängende Hand: kalt, leblos. Er ertrug es nicht, den Anblick dieser starren Augen, die nichts mehr sehen konnten. Er beugte sich hinunter und mußte sich innerlich einen Ruck geben, um ihr die Augen zu schließen.

»Rühr nichts an, Victor. Es ist Sache der Polizei, daß sie...«

Er kapierte das nicht. Er kapierte überhaupt nichts mehr. Er war niedergeschmettert. Das kleine Zimmer war noch nicht einmal in Unordnung.

»Das ist doch nicht möglich...« Seine Stimme versagte. Er weinte nicht. Seine Fassungslosigkeit war zu groß; sie grenzte schon an Stumpfsinn.

»Hast du den Stummen gesehen?«

»Nein.«

Er wollte ihr sagen, daß sie sich irrte, daß Doudou nicht fähig war, so etwas zu tun. Aber der Hals des jungen Mädchens wies dunkle Druckstellen auf; sie war erwürgt worden. War es da nicht naheliegend, an Doudou und seine unglaublichen Pranken zu denken?

»Ich ruf die Gendarmerie an.« Sie ging wieder nach unten.

Die Gendarmerie war nur zweihundert Meter entfernt. Er wußte nicht, was er tun sollte. Er wußte nicht, wo er mit sich hin sollte. Er stand noch an den Türrahmen gelehnt, als Schritte die Treppe heraufkamen.

Jeanne kam als erste, dann erschien Wachtmeister Cornu, den er gut kannte.

Auch der Wachtmeister war erschüttert. »Wann haben Sie sie entdeckt?«

»Vor ein paar Minuten, als wir heimkamen.« Jeanne hatte die Antwort übernommen; Lecoin hätte gar nicht sprechen können.

»Wir sind gerade aus Cholet zurückgekommen, von der Beerdigung meiner Schwester. Wir haben uns gewundert, daß sie nicht in der Küche war. Mein Mann ist oben nachsehen gegangen; ich hatte so eine Vorahnung und bin ihm nach ... Ich hab auch Dr. Bourseau angerufen. Er muß jeden Moment hier sein.«

»Und ich muß mit La Rochelle telefonieren. Der Inspektor wird sich das selber ansehen wollen.«

Lecoin brachte nicht den Mut auf, nochmals mit der Leiche allein zu bleiben. Er stieg hinter ihnen die Treppe hinunter. Das alles erschien so unwirklich. Er lief wie auf Watte, und er hätte sich am liebsten lang auf dem Boden ausgestreckt.

Das war doch einfach völlig unmöglich! In Gedanken war er bei ihr. Letzte Nacht ... Die einzige, die sie gemeinsam verbracht hatten. Sie war eingeschlafen, den Kopf auf seiner Brust... Und er hatte schließlich im gleichen Rhythmus geatmet wie sie. Er liebte sie. Er hätte am liebsten laut losgebrüllt.

Jeanne gegenüber brauchte er sich nicht zu verstellen – sie hatte bereits kapiert, was los war. Sie sah ihn jetzt mit einer Mischung aus Staunen und Mitleid an. Zwar wußte sie, daß er ihre Abwesenheit ausgenutzt und mit Alice geschlafen hatte, aber der Gedanke an eine so heftige Leidenschaft war ihr nie gekommen.

Es war auch Jeanne, die ihm dann ein Glas Cognac reichte. Er kippte es mechanisch und vergaß, danke zu sagen.

»Hier Wachtmeister Cornu in Marsilly... Ich muß mit dem Capitaine sprechen.«

»Ist es so wichtig?«

»Ja.«

Jetzt wurde die Tür geöffnet, und Dr. Bourseau trat ein. Jemand hatte ihn von seiner Partie bei Mimile weggeholt. »Na, Kinder, was gibt's denn?«

»Alice ist tot.« Diesmal hatte Victor gesprochen, und seine Stimme war rauh. Er zog Dr. Bourseau ins Treppenhaus und ging mit ihm in den zweiten Stock. Die Zimmertür war offen geblieben, und er blieb an der Schwelle stehen.

Beinahe hätte er erwartet, Alice friedlich schlafend zu finden. Es war doch nicht möglich, daß jemand...

»Hatte sie die Augen geschlossen?« fragte der Arzt erstaunt.

»Nein. Ich hab sie ihr zugemacht.«

Bourseau griff nach ihrem Handgelenk, als ob er den

Puls fühlen wollte. Gleichzeitig beugte er sich über die blutunterlaufenen Stellen am Hals. »Sie ist vor über einer Stunde, vielleicht vor eineinhalb Stunden erwürgt worden«, murmelte er. »Habt ihr die Gendarmerie verständigt?«

»Ja. Der Wachtmeister ist unten. Er telefoniert gerade mit dem Polizeiinspektor in La Rochelle.«

»Wo wart ihr heute nachmittag? War denn keiner daheim?«

»Nein, wir waren in Cholet... Meine Frau war seit Sonntag dort, weil ihre Schwester im Sterben lag, Sie wissen ja. Heute war die Beerdigung, ich bin heute morgen sehr zeitig losgefahren. Wir sind gerade erst zurückgekommen.«

Er wußte noch nicht einmal mehr, daß er es war, der geantwortet hatte. Dann fiel ihm plötzlich Doudous Hütte ein; er rannte die Treppe hinunter und stürzte nach draußen zur Hütte.

Dr. Bourseau war gleichfalls nach unten gegangen und wartete auf den Inspektor.

»Ist der Stumme vielleicht bei Mimile gewesen?« fragte ihn Victor.

»Er hat mal reingeschaut, vor einer guten halben Stunde, vielleicht etwas mehr. Er hat jemand gesucht.«

»Wen?«

»Er hat das natürlich nicht sagen können... Aber er hat sich alle nacheinander angesehen. Dann hat er sogar in der Küche nachgeschaut.«

Der Inspektor traf eben ein, und er hatte einen weiteren Gendarm dabei. »Hier soll jemand umgebracht worden sein?«

»Das Hausmädchen, ja. Sie liegt oben auf ihrem Bett ... Erwürgt.«

Inspektor Dartois wollte gerade nach oben gehen, als von der Außentreppe her leichte Schritte kamen. Dann tauchte zur allgemeinen Überraschung Doudou auf.

Er schien seinerseits überrascht, so viele Leute hier anzutreffen. Seine Miene drückte Verwirrung aus; sein Blick wanderte sofort zu Lecoin, und er sah so aus, als ob er ihn demütig um Verzeihung bitten wolle.

Niemand rührte sich. Alle schauten gebannt auf den Stummen. Der war wie immer barfuß und ohne Kopfbedeckung, und er blickte jetzt auf seine Hände. Dann ging er zu seiner Zeichensprache über, und Lecoin war der einzige, der ihn verstand.

Zuerst wies Doudou auf seinen Mund, den er zu einem komischen Grinsen verzog, dann legte er eine Hand in Schulterhöhe, womit ein sehr kleiner Mensch gemeint war.

Théo ... Das konnte nur Théo sein.

Dann deutete er zur Decke: die Obergeschosse ...

Lecoin übersetzte für den Inspektor: »Théo Porchet ist in meiner Abwesenheit gekommen und in den zweiten Stock hinaufgegangen.«

Doudou las Lecoin den Satz von den Lippen ab, gab aber durch ein Zeichen zu verstehen, daß es nicht ganz stimmte. Er deutete auf die Küche, malte eine weibliche Gestalt in die Luft, streckte dann zwei Finger in die Höhe und wies wieder nach oben.

Lecoin erstarrte. »Sie sind alle beide nach oben gegangen«, brachte er leise, fast unhörbar heraus.

»Der Klempner und das Mädchen?«

Er nickte.

Der Zeigefinger des Stummen wies jetzt zum Hof; dann klopfte er sich an die Brust.

»Er war im Hof, er hat von draußen reingeschaut und sie gesehen«, übersetzte Lecoin. Und weiter: »Er ist ins Haus gekommen, ist lautlos die Treppen hinaufgestiegen ... Er bewegt sich ja immer lautlos.«

Doudou fuhr in seiner Zeichensprache fort, der die anderen immer weniger folgen konnten, alle wandten sich Victor zu.

»Er hat sie in einer Stellung angetroffen, die ...« Lecoin entfuhr ein Laut, der zwischen Schluchzen und Rülpsen lag. Er hatte gerade noch Zeit, sich zur Wand zu drehen und das Gesicht in die aufgestützten Arme zu legen. Dann brach er in Tränen aus.

Niemand sagte ein Wort. Diesen kraftvollen, für gewöhnlich so selbstsicheren Mann wie ein Kind weinen zu sehen, das war erschütternd. Niemand rührte sich. Niemand versuchte, ihn zu trösten, ihm liebevoll die Hand auf die Schulter zu legen. Sie alle – auch und ganz besonders Jeanne – spürten, daß es sinnlos gewesen wäre.

Die Miene des Stummen drückte völlige Verwirrung aus. Er verstand überhaupt nichts mehr. Er hatte getan, was er für seine Pflicht gehalten hatte.

Als Lecoin sich endlich wieder umwandte und mit dem Ärmel die Tränen abwischte, hielt Jeanne ihm noch ein Glas hin. Aber er fegte es mit dem Handrücken beiseite, und es zersprang auf dem Boden.

8

Alle standen regungslos, und es herrschte völlige Stille.

Lecoin wandte sich an den Stummen: »Warum hast du sie erwürgt?« Die Frage kostete ihn Mühe, und er artikulierte jede Silbe ganz deutlich, um sicher zu sein, daß Doudou ihn verstand. Sein Blick fiel unwillkürlich auf dessen übergroße Pranken.

Der Stumme wirkte überrascht, als ob er diesen Vorwurf nicht erwartet hätte. Man merkte, daß ihm das weh tat; er versuchte, die Gründe für sein Verhalten darzulegen. Er deutete zuerst auf Lecoin, malte dann wieder eine Frauengestalt in die Luft und tat so, als wollte er die Arme um sie legen.

»Er sagt, daß ich sie geliebt habe.«

Doudou nickte zur Bestätigung.

Nach allem, was vorgefallen war, kam es nicht mehr darauf an, ob die anderen Bescheid wußten oder nicht... Außerdem hatte er sich ja selbst schon verraten.

»Gib mir jetzt doch noch ein Glas«, wandte er sich an seine Frau. Er schwankte und war sichtlich mit den Kräften am Ende.

»Sie auch, Doktor?« fragte Jeanne.

Sie befanden sich im Eßzimmer mit seiner gutbürgerlichen Einrichtung, wo jedes Ding auf seinem Platz stand und Ordnung und Sauberkeit ausstrahlte. Durch die offene Tür wurde ein Stück Küche sichtbar; das Küchenfenster gab den Blick in den Hof frei, der noch etwas in der Sonne lag.

Der Inspektor schüttelte den Kopf, als Jeanne ihm einschenken wollte. Wachtmeister Cornu andererseits hatte zwar Block und Bleistift hervorgezogen, jedoch von Anfang an das Aufschreiben vergessen.

»Und weiter, Doudou?« fragte Lecoin.

Der Stumme begriff die Frage nicht recht. Aus seiner Sicht war alles Weitere selbstverständlich. Seine nächste Geste stellte zwei Menschen bei der Liebe dar. Er tat das so unmißverständlich, daß Victor nicht zu übersetzen brauchte. Darauf wies Doudou nochmals in die Küche und anschließend an die Decke.

Hatte das nicht zu bedeuten, daß in seinen Augen Alice diejenige war, die die Hauptschuld traf? Daß vor allem sie Verrat begangen hatte? Der Mann war eher nebensächlich, und es hätte auch ein anderer als Théo sein können.

Lecoin liebte sie, und ihn sollte sie glücklich machen. Lecoin aber war noch nicht einmal einen vollen Tag weg gewesen, da betrog sie ihn mit Théo. Der hatte im übrigen, so war Doudous Zeichensprache zu entnehmen, noch nicht einmal versucht, sie zu verteidigen. Der Klempner hatte Reißaus genommen, als er, Doudou, das junge Mädchen erwürgte.

»Und was ist mit Théo geschehen?«

Der Stumme deutete vage in alle Himmelsrichtungen: Er hatte ihn überall gesucht. Dann drückte er eine imaginäre Kehle zu; er hatte versucht, Théo irgendwo aufzustöbern, um ihn gleichfalls zu erwürgen – unter anderem bei Mimile, wo er sogar in der Küche nachgesehen hatte. Aber er hatte ihn nicht gefunden. Wahrscheinlich hatte sich Porchet voller Angst in irgendeinem Winkel verkrochen.

Doudou breitete beide Arme aus; die Handflächen waren geöffnet. *So, das ist alles . . .*, schien er damit sagen zu wollen. Dann sah er seinen Herrn an, und in seinen wimpernlosen Augen standen dicke Tränen.

Eine ganze Weile sagte niemand etwas.

Der Wachtmeister brach als erster das Schweigen. »Ich leg ihm die Handschellen an, nicht wahr, Inspektor?«

Der zuckte die Achseln, wie um zu sagen, das sei ihm gleichgültig.

Es deutete auch nichts darauf hin, daß Doudou die Absicht hatte wegzulaufen. Er stand mit gesenktem Kopf da und versuchte, das alles zu begreifen. Und dann, als der Gendarm ihm die Handschellen angelegt hatte, die mit knapper Not sein Handgelenk umspannten, zerrte er nur einmal daran, und die Kette riß entzwei. Er deutete mit ein paar Gesten etwas an, das ›Fliehen‹ heißen konnte, Davonlaufen, und schüttelte den Kopf dazu. Er würde nicht davonlaufen. Man konnte sich das sparen, ihn wie ein Tier anzuketten.

»Was soll ich mit ihm machen, Inspektor?«

»Nichts. Sie bleiben bei ihm, bis ich wieder runterkomme.« Er wandte sich zur Treppe, Lecoin und der Arzt kamen hinterher.

»Es erübrigt sich ja nun, Ihnen noch etwas erklären zu wollen«, sagte Dr. Bourseau, als sie im zweiten Stock oben waren. Er ging zum Bett und hob die Kittelschürze hoch: Alice hatte nichts darunter an. »Ich könnte wetten, daß das der Stumme war«, kommentierte er. »Daß der ihr den Rock wieder heruntergeschlagen hat...«

In einer Ecke stand die Waschschüssel. Lecoin betrachtete sie und dachte daran, wie Alice am vorgestrigen Abend darin gekauert hatte, im Seifenwasser...

»Was machen Sie mit ihr?« erkundigte sich der Arzt.

»Ich muß sie zur Autopsie ins Leichenschauhaus bringen lassen.«

Autopsie? Victor fuhr zusammen. Bei dem Wort drängten sich ihm Bilder auf, die weh taten – mehr, als wenn das Skalpell in seinen eigenen Körper eingedrungen wäre. »Muß das sein?« fragte er.

»Unbedingt... Um so mehr, als wir von dem Schuldigen bloß ein auf seiner Zeichensprache beruhendes Geständnis haben. Hat er denn nicht die Taubstummensprache erlernt?«

»Nein. Er ist fast nie aus dem Dorf herausgekommen; ab und zu fährt er mit mir nach La Rochelle.«

Lecoin konnte Doudou nicht böse sein. An seiner Stelle hätte er vielleicht genauso gehandelt im ersten Schock. Und Alice? Auch ihr war er nicht böse. Ihre Einsilbigkeit fiel ihm wieder ein und ihre körperliche Passivität, wenn er sie tagsüber in die Arme nehmen und küssen wollte. Sie wußte einfach nicht, was das ist – Lieben.

»Ich muß jetzt den Staatsanwalt benachrichtigen.« Sie gingen alle drei wieder nach unten. Der Inspektor wies auf Doudou. »Führen Sie ihn zum Wagen.«

Draußen stand ein kleiner grauer Wagen. Am Steuer saß ein Gendarm.

»Hallo... Ja, den Herrn Staatsanwalt... Hier spricht Inspektor Dartois. Ich muß Ihnen einen Mord in Marsilly melden. Bei Victor Lecoin, dem Muschelzüchter... Nein, er hat nichts damit zu tun... Wir haben den Täter, ja. Ein Taubstummer, der offenbar nicht ganz bei Verstand ist...«

Doudou ließ sich abführen wie ein Hund, von dem sein Herr nichts mehr wissen will, und er blickte sich bis zur letzten Sekunde nach Lecoin um. Er bat ihn innerlich um Verzeihung, obwohl er nicht genau wußte, wofür. Es gab eben Dinge, die sein Verständnis überstiegen.

Jeanne war beim Nachschenken. Sie war sich ihrer Aufgabe als Hausherrin bewußt. Der Inspektor telefonierte aus ihrem Büro, und im gleichen Büro würde sie schon morgen früh wieder ihren Platz einnehmen. Ebenso wie heute abend im ehelichen Bett...

Draußen vor der Einfahrt hatten sich mittlerweile Neugierige angesammelt.

»Der Staatsanwalt, der Untersuchungsrichter und der Protokollführer müssen bald da sein... Ich warte auf sie, aber der Wagen kann schon abfahren. Sie, Wachtmeister, fahren mit, und Sie bewachen mir den Stummen, trotz allem...«

»Er wird sich nicht von der Stelle rühren«, murmelte Lecoin.

»Ich muß eben die Vorschriften einhalten. Ich möchte Sie bitten, morgen früh in meinem Büro vorzusprechen, wo er seine Aussage, wenn man das so nennen will, wiederholen muß. Sie müßten dann seine Zeichen nochmals übersetzen, damit alles zu Protokoll genommen werden kann.«

»Was glauben Sie – wird er schuldig gesprochen?«

»Nein. Aber er wird bestimmt für den Rest seines Lebens in eine Heilanstalt eingewiesen. Er ist gefährlich geworden. Er gibt selbst zu, daß er den von Ihnen als Théo bezeichneten Dorfbewohner gesucht hat, um ihn ebenfalls zu erwürgen.«

Erst am nächsten Morgen wurde gerüchteweise bekannt, daß der Klempner den restlichen Nachmittag sowie einen Teil der Nacht im hintersten Winkel seiner Scheune zugebracht hatte. Er ließ sich mehrere Tage lang nicht bei Mimile blicken und tauchte auch in seinem Laden nicht auf.

»Er ist krank«, antwortete seine Frau kurz auf entsprechende Fragen.

Die Leiche wurde noch am gleichen Abend um acht Uhr von einer Ambulanz abgeholt. Lecoin hatte sich allein im Salon eingeschlossen, und er sah durch den Tüll der Spanngardinen zu.

Er hatte so viele Pläne geschmiedet! Und sie waren alle nicht durchführbar, das hatte ihm Alice ja auch gesagt. Sicher, Alice hatte alles nüchterner gesehen, da sie nicht verliebt gewesen war. Er allein hatte geliebt, und er liebte noch.

Die Gedanken von heute früh fielen ihm wieder ein – das, was beim Anblick des Katafalks verschwommen in ihm hochgestiegen war.

Nicht Jeanne war abgetreten, sondern Alice... Jeanne blieb hier, und sie war gerade dabei, mit aller ihr zur Verfügung stehenden Nüchternheit der Staatsanwaltschaft einen Bericht der Ereignisse zu liefern.

Er stieg nochmals in den zweiten Stock hinauf, geräuschlos, er wollte niemand sehen. Auf dem Bett zeichnete sich noch die Mulde ab, die der magere Körper des jungen Mädchens hinterlassen hatte.

Unten im Erdgeschoß verabschiedeten sich die Herren gerade. Es blieben nur vorn am Straßenrand ein paar Neugierige übrig. Er ging langsam wieder nach unten.

Jetzt waren sie nur noch zu zweit im Haus.

Wie er Jeanne kannte, würde sie sich morgen bereits in der Frühe nach einem neuen Hausmädchen und einem Knecht umschauen.

Es war vorbei. Das Leben würde nie mehr so sein wie vorher. Etwas in Lecoin war tot. Nein, doch nicht ganz ... Eine kleine Flamme flackerte insgeheim noch in ihm, und er wollte sie nicht ganz erlöschen lassen.

Er aß nichts. Er setzte die Cognacflasche an die Lippen und sah Jeanne dabei herausfordernd an.

Epalinges, 9. März 1970

Georges Simenon im Diogenes Verlag

● Biographisches

Intime Memoiren und Das Buch von Marie-Jo
Aus dem Französischen von Hans-Joachim Hartstein, Claus Sprick, Guy Montag und Linde Birk. Leinen. Auch als detebe 21216

Stammbaum
Pedigree. Autobiographischer Roman Deutsch von Hans-Joachim Hartstein Leinen. Auch als detebe 21217

Simenon auf der Couch
Fünf Ärzte verhören den Autor sieben Stunden lang. Deutsch von Irène Kuhn Mit einer Bibliographie und Filmographie und 43 Abbildungen. detebe 21658

Briefwechsel mit André Gide
Deutsch von Stefanie Weiss. Leinen

Brief an meine Mutter
Deutsch von Trude Fein. Leinen

Ein Mensch wie jeder andere
Mein Tonband und ich. Tagebuchnotizen und Erinnerungen. Deutsch von Hans Jürgen Solbrig. Leinen

Als ich alt war
Tagebücher 1960–1963. Deutsch von Linde Birk. Leinen

Außerdem liegen vor:

Über Simenon
Zeugnisse und Essays von Patricia Highsmith bis Alfred Andersch. Mit einem Interview, mit Chronik und Bibliographie. Herausgegeben von Claudia Schmölders und Christian Strich. detebe 20499

Das Georges Simenon Lesebuch
Ein Querschnitt durch das Gesamtwerk Herausgegeben von Daniel Keel detebe 20500

● Reportagen

Die Pfeife Kleopatras
Reportagen aus aller Welt. Deutsch von Guy Montag. detebe 21223

Zahltag in einer Bank
Reportagen aus Frankreich. Deutsch von Guy Montag. detebe 21224

● Erzählungen

Der kleine Doktor
Erzählungen. Deutsch von Hansjürgen Wille und Barbara Klau. detebe 21025

Emil und sein Schiff
Erzählungen. Deutsch von Angela von Hagen. detebe 21318

Die schwanzlosen Schweinchen
Erzählungen. Deutsch von Linde Birk detebe 21284

Exotische Novellen
Deutsch von Annerose Melter. detebe 21285

Meistererzählungen
Deutsch von Wolfram Schäfer u.a. detebe 21620

● Romane

Drei große Romane
Der Mörder / Der große Bob / Drei Zimmer in Manhattan. Deutsch von Linde Birk und Lothar Baier. detebe 21596

Brief an meinen Richter
Roman. Deutsch von Hansjürgen Wille und Barbara Klau. detebe 20371

Der Schnee war schmutzig
Roman. Deutsch von Willi A. Koch detebe 20372

Die grünen Fensterläden
Roman. Deutsch von Alfred Günther detebe 20373

Im Falle eines Unfalls
Roman. Deutsch von Hansjürgen Wille und Barbara Klau. detebe 20374

Sonntag
Roman. Deutsch von Hansjürgen Wille und Barbara Klau. detebe 20375

Bellas Tod
Roman. Deutsch von Elisabeth Serelmann-Küchler. detebe 20376

Der Mann mit dem kleinen Hund
Roman. Deutsch von Stefanie Weiss
detebe 20377

Drei Zimmer in Manhattan
Roman. Deutsch von Linde Birk
detebe 20378

Die Großmutter
Roman. Deutsch von Linde Birk
detebe 20379

Der kleine Mann von Archangelsk
Roman. Deutsch von Alfred Kuoni
detebe 20584

Der große Bob
Roman. Deutsch von Linde Birk
detebe 20585

Die Wahrheit über Bébé Donge
Roman. Deutsch von Renate Nickel
detebe 20586

Tropenkoller
Deutsch von Annerose Melter
detebe 20673

Ankunft Allerheiligen
Roman. Deutsch von Eugen Helmlé
detebe 20674

Der Präsident
Roman. Deutsch von Renate Nickel
detebe 20675

Der kleine Heilige
Roman. Deutsch von Trude Fein
detebe 20676

Der Outlaw
Roman. Deutsch von Liselotte Julius
detebe 20677

Der Verdächtige
Roman. Deutsch von Eugen Helmlé
detebe 20679

Die Verlobung des Monsieur Hire
Roman. Deutsch von Linde Birk
detebe 20681

Der Mörder
Roman. Deutsch von Lothar Baier
detebe 20682

Die Zeugen
Roman. Deutsch von Anneliese Botond
detebe 20683

Die Komplizen
Roman. Deutsch von Stefanie Weiss
detebe 20684

Die Unbekannten im eigenen Haus
Roman. Deutsch von Gerda Scheffel
detebe 20685

Der Ausbrecher
Roman. Deutsch von Erika Tophoven-Schöningh. detebe 20686

Wellenschlag
Roman. Deutsch von Eugen Helmlé
detebe 20687

Der Mann aus London
Roman. Deutsch von Stefanie Weiss
detebe 20813

Die Überlebenden der Télémaque
Roman. Deutsch von Hainer Kober
detebe 20814

Der Mann, der den Zügen nachsah
Roman. Deutsch von Walter Schürenberg
detebe 20815

Zum Weißen Roß
Roman. Deutsch von Trude Fein
detebe 20986

Der Tod des Auguste Mature
Roman. Deutsch von Anneliese Botond
detebe 20987

Die Fantome des Hutmachers
Roman. Deutsch von Eugen Helmlé
detebe 21001

Die Witwe Couderc
Roman. Deutsch von Hanns Grössel
detebe 21002

Schlußlichter
Roman. Deutsch von Stefanie Weiss
detebe 21010

Die schwarze Kugel
Roman. Deutsch von Renate Nickel
detebe 21011

Die Brüder Rico
Roman. Deutsch von Angela von Hagen
detebe 21020

Antoine und Julie
Roman. Deutsch von Eugen Helmlé
detebe 21047

Betty
Roman. Deutsch von Raymond Regh
detebe 21057

Der Neger
Roman. Deutsch von Linde Birk
detebe 21118

Die Tür
Roman. Deutsch von Linde Birk
detebe 21114

Das blaue Zimmer
Roman. Deutsch von Angela von Hagen
detebe 21121

Der Bürgermeister von Furnes
Roman. Deutsch von Hans Grössel
detebe 21209

Es gibt noch Haselnußsträucher
Roman. Deutsch von Angela von Hagen
detebe 21192

Die Glocken von Bicêtre
Roman. Neu übersetzt von Angela von Hagen. detebe 20678

Das Testament Donadieu
Roman. Deutsch von Eugen Helmlé
detebe 21256

Der Untermieter
Roman. Deutsch von Ralph Eue
detebe 21255

Die Leute gegenüber
Roman. Deutsch von Hans-Joachim Hartstein. detebe 21273

Weder ein noch aus
Roman. Deutsch von Elfriede Riegler
detebe 21304

Auf großer Fahrt
Deutsch von Angela von Hagen
detebe 21327

Der Bericht des Polizisten
Deutsch von Markus Jakob
detebe 21328

Die Zeit mit Anaïs
Deutsch von Ursula Vogel
detebe 21329

Der Passagier der Polarlys
Roman. Deutsch von Stephanie Weiss
detebe 21377

Die Katze
Roman. Deutsch von Angela von Hagen
detebe 21378

Die Schwarze von Panama
Roman. Deutsch von Ursula Vogel
detebe 21424

Das Gasthaus im Elsaß
Roman. Deutsch von Angela von Hagen
detebe 21425

Das Haus am Kanal
Roman. Deutsch von Ursula Vogel
detebe 21426

Der Zug
Roman. Deutsch von Trude Fein. detebe 21480

Striptease
Roman. Deutsch von Angela von Hagen
detebe 21481

45° im Schatten
Roman. Deutsch von Angela von Hagen
detebe 21482

Die Eisentreppe
Roman. Deutsch von Angela von Hagen
detebe 21557

Das Fenster der Rouets
Roman. Deutsch von Stefanie Weiss
detebe 21558

Die bösen Schwestern von Concarneau
Roman. Deutsch von Ingrid Altrichter
detebe 21559

Der Sohn Cardinaud
Roman. Deutsch von Linde Birk
detebe 21598

Der Zug aus Venedig
Roman. Deutsch von Liselotte Julius
detebe 21617

Weißer Mann mit Brille
Roman. Deutsch von Ursula Vogel
detebe 21635

Der Bananentourist
Roman. Deutsch von Barbara Heller
detebe 21679

Monsieur La Souris
Roman. Deutsch von Renate Heimbucher-Bengs. detebe 21681

Der Teddybär
Roman. Deutsch von Ingrid Altrichter
detebe 21682

Die Marie vom Hafen
Roman. Deutsch von Ursula Vogel
detebe 21683

Der reiche Mann
Roman. Deutsch von Stefanie Weiss
detebe 21753

»... die da dürstet«
Roman. Deutsch von Irène Kuhn
detebe 21773

Vor Gericht
Roman. Deutsch von Linde Birk. detebe 21786

● Maigret-Romane und -Erzählungen

Weihnachten mit Maigret
Zwei Romane und eine Erzählung. Leinen

Der Goldene Gelbe 88
Einmalige Sonderausgabe. Enthält folgende Romane: Maigret amüsiert sich / Mein Freund Maigret / Maigret und die junge Tote. Deutsch von Renate Nickel, Annerose Melter und Raymond Regh. detebe 21597

Maigrets erste Untersuchung
Roman. Deutsch von Roswitha Plancherel
detebe 20501

Maigret und Pietr der Lette
Roman. Deutsch von Wolfram Schäfer
detebe 20502

Maigret und die alte Dame
Roman. Deutsch von Renate Nickel
detebe 20503

Maigret und der Mann auf der Bank
Roman. Deutsch von Annerose Melter
detebe 20504

Maigret und der Minister
Roman. Deutsch von Annerose Melter
detebe 20505

Mein Freund Maigret
Roman. Deutsch von Annerose Melter
detebe 20506

Maigrets Memoiren
Roman. Deutsch von Roswitha Plancherel
detebe 20507

Maigret und die junge Tote
Roman. Deutsch von Raymond Regh
detebe 20508

Maigret amüsiert sich
Roman. Deutsch von Renate Nickel
detebe 20509

Hier irrt Maigret
Roman. Deutsch von Elfriede Riegler
detebe 20690

Maigret und der gelbe Hund
Roman. Deutsch von Raymond Regh
detebe 20691

Maigret vor dem Schwurgericht
Roman. Deutsch von Wolfram Schäfer
detebe 20692

Maigret als möblierter Herr
Roman. Deutsch von Wolfram Schäfer
detebe 20693

Madame Maigrets Freundin
Roman. Deutsch von Roswitha Plancherel
detebe 20713

Maigret kämpft um den Kopf eines Mannes
Roman. Deutsch von Roswitha Plancherel
detebe 20714

Maigret und die kopflose Leiche
Roman. Deutsch von Wolfram Schäfer
detebe 20715

Maigret und die widerspenstigen Zeugen
Roman. Deutsch von Wolfram Schäfer
detebe 20716

Maigret am Treffen der Neufundlandfahrer
Roman. Deutsch von Annerose Melter
detebe 20717

Maigret bei den Flamen
Roman. Deutsch von Claus Sprick
detebe 20718

Maigret und die Bohnenstange
Roman. Deutsch von Guy Montag
detebe 20808

Maigret und das Verbrechen in Holland
Roman. Deutsch von Renate Nickel
detebe 20809

Maigret und sein Toter
Roman. Deutsch von Elfriede Riegler
detebe 20810

Maigret beim Coroner
Roman. Deutsch von Wolfram Schäfer
detebe 20811

Maigret, Lognon und die Gangster
Roman. Deutsch von Wolfram Schäfer
detebe 20812

Maigret und der Gehängte von Saint-Pholien
Roman. Deutsch von Sibylle Powell
detebe 20816

Maigret und der verstorbene Monsieur Gallet
Roman. Deutsch von Roswitha Plancherel
detebe 20817

Maigret regt sich auf
Roman. Deutsch von Wolfram Schäfer
detebe 20820

Maigret und das Schattenspiel
Roman. Deutsch von Claus Sprick
detebe 20734

Maigret und die Keller des Majestic
Roman. Deutsch von Linde Birk
detebe 20735

Maigret contra Picpus
Roman. Deutsch von Hainer Kober
detebe 20736

Maigret läßt sich Zeit
Roman. Deutsch von Sibylle Powell
detebe 20755

Maigrets Geständnis
Roman. Deutsch von Roswitha Plancherel
detebe 20756

Maigret zögert
Roman. Deutsch von Annerose Melter
detebe 20757

Maigret und der Treidler der »Providence«
Roman. Deutsch von Claus Sprick
detebe 21029

Maigrets Nacht an der Kreuzung
Roman. Deutsch von Annerose Melter
detebe 21050

Maigret hat Angst
Roman. Deutsch von Elfriede Riegler
detebe 21062

Maigret erlebt eine Niederlage
Roman. Deutsch von Elfriede Riegler
detebe 21120

Maigret gerät in Wut
Roman. Deutsch von Wolfram Schäfer
detebe 21113

Maigret verteidigt sich
Roman. Deutsch von Wolfram Schäfer
detebe 21117

Maigret und der geheimnisvolle Kapitän
Roman. Deutsch von Annerose Melter
detebe 21180

Maigret und die alten Leute
Roman. Deutsch von Annerose Melter
detebe 21200

Maigret und das Dienstmädchen
Roman. Deutsch von Hainer Kober
detebe 21220

Maigret und der Fall Nahour
Roman. Deutsch von Sibylle Powell
detebe 21250

Maigret im Haus des Richters
Roman. Deutsch von Liselotte Julius
detebe 21238

Maigret und der Samstagsklient
Roman. Deutsch von Angelika Hildebrandt-Essig. detebe 21295

Maigret in New York
Roman. Deutsch von Bernhard Jolles
detebe 21308

Maigret und die Affäre Saint-Fiacre
Roman. Deutsch von Werner De Haas
detebe 21373

Maigret stellt eine Falle
Roman. Deutsch von Angela von Hagen
detebe 21374

Sechs neue Fälle für Maigret
Erzählungen. Deutsch von Elfriede Riegler
detebe 21375

Maigret in der Liberty Bar
Roman. Deutsch von Angela von Hagen
detebe 21376

Maigret und der Spion
Roman. Deutsch von Hainer Kober
detebe 21427

Maigret und die kleine Landkneipe
Roman. Deutsch von Bernhard Jolles und Heide Bideau. detebe 21428

Maigret und der Verrückte von Bergerac
Roman. Deutsch von Hainer Kober
detebe 21429

Maigret, die Tänzerin und die Gräfin
Roman. Deutsch von Hainer Kober
detebe 21484

Maigret macht Ferien
Roman. Deutsch von Markus Jakob
detebe 21485

Maigret und der hartnäckigste Gast der Welt
Erzählungen. Deutsch von Linde Birk und Ingrid Altrichter. detebe 21486

Maigret verliert eine Verehrerin
Roman. Deutsch von Ingrid Altrichter
detebe 21521

Maigret in Nöten
Roman. Deutsch von Markus Jakob
detebe 21522

Maigret und sein Rivale
Roman. Deutsch von Ingrid Altrichter
detebe 21523

Maigret und die schrecklichen Kinder
Roman. Deutsch von Paul Celan
detebe 21574

Maigret und sein Jugendfreund
Roman. Deutsch von Markus Jakob
detebe 21575

Maigret und sein Revolver
Roman. Deutsch von Ingrid Altrichter
detebe 21576

Maigret auf Reisen
Roman. Deutsch von Ingrid Altrichter
detebe 21593

Maigret und die braven Leute
Roman. Deutsch von Ingrid Altrichter
detebe 21615

Maigret und der faule Dieb
Roman. Deutsch von Stefanie Weiss
detebe 21629

Maigret und die verrückte Witwe
Roman. Deutsch von Michael Mosblech
detebe 21680

Maigret und sein Neffe
Roman. Deutsch von Ingrid Altrichter
detebe 21684

Maigret und Stan der Killer
Vier Fälle für Maigret. Deutsch von Inge Giese und Eva Schönfeld. detebe 21741

Maigret und das Phantom
Roman. Deutsch von Barbara Heller
detebe 21760

Maigret in Kur
Roman. Deutsch von Irène Kuhn
detebe 21770

Madame Maigrets Liebhaber
Vier Fälle für Maigret. Deutsch von Ingrid Altrichter, Inge Giese und Josef Winiger
detebe 21791